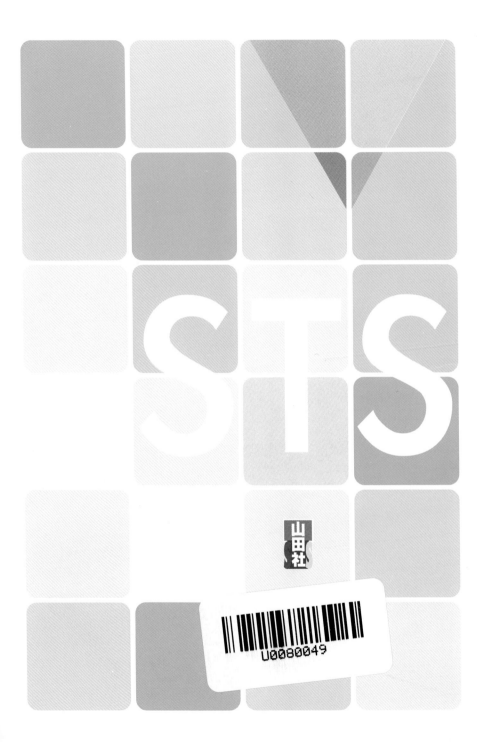

STS

山田社

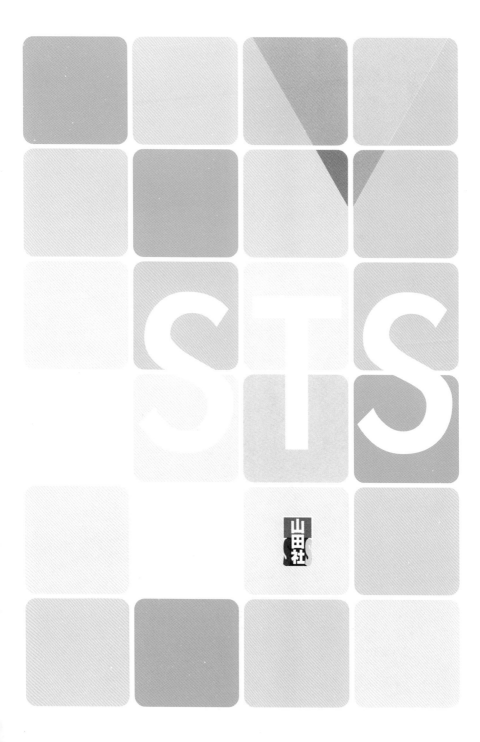

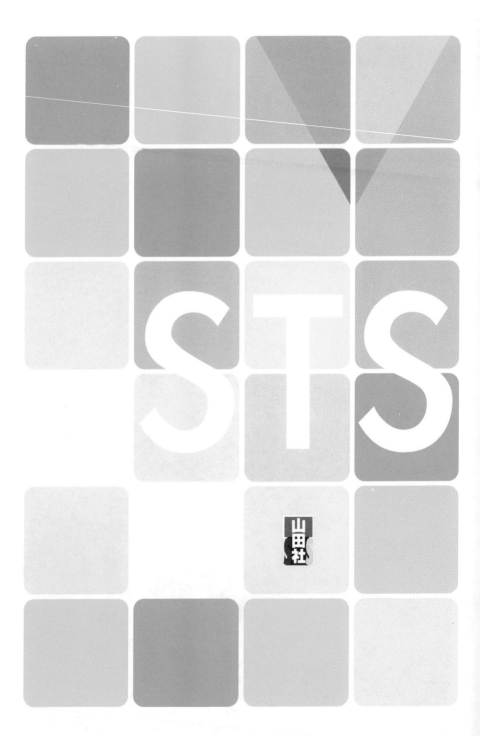

精修版

絕對合格
日檢必背聽力

N5
新制對應！

考試分數大躍進
累積實力
百萬考生見證
應考秘訣
5

根據日本國際交流基金考試相關概要

隨看 隨聽
朗讀 QR code
線上下載學習更方便

吉松由美
西村惠子 ◎合著
林勝田

內附
MP3

山田社

前言
preface

為因應眾多讀者及學校的熱烈要求，

《精修版 新制對應 絕對合格！日檢必背聽力 N5》

隆重推出「QR 碼線上音檔 + MP3 版」了。

除了可以聆聽附贈的「實戰 MP3」音檔之外，

還可以手機隨掃即聽 QR 碼行動學習音檔，迅速累積實

> **聽力是日檢大門的合格金鑰！**
> **只要找對方法，就能改變結果！**
> **即使聽力成績老是差強人意，也能一舉過關斬將，得高分！**

★ 日籍金牌教師編著，百萬考生推薦，應考秘訣一本達陣！！

★ 被國內多所學校列為指定教材！

★ N5 聽力考題 144 × 日檢制勝關鍵句 × 精準突破解題攻略！

★ 魔法般的三合一學習法，讓您制霸考場！

★ 百萬千萬年薪跳板必備書！

★ 目標！升格達人級日文！成為魔人級考證大師！

為什麼每次考試總是因為聽力而失敗告終？

為什麼做了那麼多練習，考試還是鴨子聽雷？

為什麼總是找不到一本適合自己的聽力書？

您有以上的疑問嗎？

其實，考生最容易陷入著重單字、文法之迷失，而忘記分數比重最高的可是「聽力」！日檢志得高分，聽力是勝出利器！一本「完美的」日檢聽力教材，教您用鷹眼般的技巧找對方向，馬上聽到最關鍵的那一句！一本適合自己的聽力書可以少走很多冤枉路，從崩潰到高分。

本書五大特色，內容精修，全新編排，讓您讀得方便，學得更有效率！聽力成績拿高標，就能縮短日檢合格距離，成為日檢聽力高手！

1. 掌握考試題型，日檢實力秒速發揮！

本書設計完全符合 N5 日檢的聽力題型，有：「理解問題」、「重點理解」、「適切話語」及「即時應答」四大題型，為的是讓您熟悉答題時間及字數，幫您找出最佳的解題方法。只要反覆練習就能像親臨考場，實戰演練，日檢聽力實力就可以在幾分幾秒間完全發揮！

2. 日籍老師標準發音光碟，反覆聆聽，打造強而有力的「日語耳」！

同一個句子，語調不同，意思就不同了。本書附上符合 N5 考試朗讀速度的高音質光碟，發音標準純正，幫助您習慣日本人的發音、語調及語氣。希望您不斷地聆聽、跟讀和朗讀，拉近「聽覺」與「記憶」間的距離，加快「聽覺‧圖像」與「思考」間的反應。此外，更貼心設計以「一題一個音軌」的方式，讓您不再一下快轉、一下倒轉，面臨找不到音檔的窘境，任您隨心所欲要聽哪段，就聽哪段！

3. 關鍵破題，逐項解析，百分百完勝日檢！

每題一句攻略要點，都是重點中的重點，時間緊迫看這裡就對了！抓住關鍵句，才是破解考題的捷徑！本書將每一題的關鍵句都整理出來了！解題之前先訓練您的搜索力，只要聽到最關鍵的那一句，就能不費吹灰之力破解題目！

解題攻略言簡意賅，句句精華！包含同級單字、同級文法、日本文化、生活小常識，內容豐富多元，聽力敏感度大幅提升！

4. 聽覺、視覺、大腦連線！加深記憶軌跡！

本書採用左右頁對照的學習方式，藉由閱讀左頁翻譯，對照右頁解題、［單字・文法］註解，「聽」、「讀」、「思」同步連線，加深記憶軌跡，加快思考力、反應力，全面提高答題率！

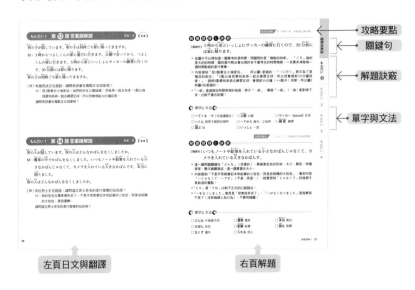

左頁日文與翻譯　　　　右頁解題

攻略要點
關鍵句
解題訣竅
單字與文法

5. 常用句不死背，掌握換句話提升實戰力！

同一個問題，換一個說法就不會了嗎？可怕的「換句話說」是聽力百考，如何即使突然 3-5 秒恍神，還能抓出對話中的精髓呢？本書幫您整理出意思相同的幾種說法，讓您的學習不再說一是一，輕輕鬆鬆就能舉一反三，旗開得勝！

目錄
contents

新「日本語能力測驗」概要

JLPT

一、什麼是新日本語能力試驗呢

1. 新制「日語能力測驗」

從 2010 年起實施的新制「日語能力測驗」（以下簡稱為新制測驗）。

1 － 1　實施對象與目的

　　新制測驗與舊制測驗相同，原則上，實施對象為非以日語作為母語者。其目的在於，為廣泛階層的學習與使用日語者舉行測驗，以及認證其日語能力。

1 － 2　改制的重點

改制的重點有以下四項：

1　測驗解決各種問題所需的語言溝通能力

　　新制測驗重視的是結合日語的相關知識，以及實際活用的日語能力。因此，擬針對以下兩項舉行測驗：一是文字、語彙、文法這三項語言知識；二是活用這些語言知識解決各種溝通問題的能力。

2　由四個級數增為五個級數

　　新制測驗由舊制測驗的四個級數（1 級、2 級、3 級、4 級），增加為五個級數（N1、N2、N3、N4、N5）。新制測驗與舊制測驗的級數對照，如下所示。最大的不同是在舊制測驗的 2 級與 3 級之間，新增了 N3 級數。

N1	難易度比舊制測驗的 1 級稍難。合格基準與舊制測驗幾乎相同。
N2	難易度與舊制測驗的 2 級幾乎相同。
N3	難易度介於舊制測驗的 2 級與 3 級之間。（新增）
N4	難易度與舊制測驗的 3 級幾乎相同。
N5	難易度與舊制測驗的 4 級幾乎相同。

＊「N」代表「Nihongo（日語）」以及「New（新的）」。

3　施行「得分等化」

　　由於在不同時期實施的測驗，其試題均不相同，無論如何慎重出題，每次測驗的難易度總會有或多或少的差異。因此在新制測驗中，導入「等

化」的計分方式後，便能將不同時期的測驗分數，於共同量尺上相互比較。因此，無論是在什麼時候接受測驗，只要是相同級數的測驗，其得分均可予以比較。目前全球幾種主要的語言測驗，均廣泛採用這種「得分等化」的計分方式。

4 提供「日本語能力試驗 Can-do 自我評量表」（簡稱 JLPT Can-do）

為了瞭解通過各級數測驗者的實際日語能力，新制測驗經過調查後，提供「日本語能力試驗 Can-do 自我評量表」。該表列載通過測驗認證者的實際日語能力範例。希望通過測驗認證者本人以及其他人，皆可藉由該表格，更加具體明瞭測驗成績代表的意義。

1-3 所謂「解決各種問題所需的語言溝通能力」

我們在生活中會面對各式各樣的「問題」。例如，「看著地圖前往目的地」或是「讀著說明書使用電器用品」等等。種種問題有時需要語言的協助，有時候不需要。

為了順利完成需要語言協助的問題，我們必須具備「語言知識」，例如文字、發音、語彙的相關知識、組合語詞成為文章段落的文法知識、判斷串連文句的順序以便清楚說明的知識等等。此外，亦必須能配合當前的問題，擁有實際運用自己所具備的語言知識的能力。

舉個例子，我們來想一想關於「聽了氣象預報以後，得知東京明天的天氣」這個課題。想要「知道東京明天的天氣」，必須具備以下的知識：「晴れ（晴天）、くもり（陰天）、雨（雨天）」等代表天氣的語彙；「東京は明日は晴れでしょう（東京明日應是晴天）」的文句結構；還有，也要知道氣象預報的播報順序等。除此以外，尚須能從播報的各地氣象中，分辨出哪一則是東京的天氣。

如上所述的「運用包含文字、語彙、文法的語言知識做語言溝通，進而具備解決各種問題所需的語言溝通能力」，在新制測驗中稱為「解決各種問題所需的語言溝通能力」。

新制測驗將「解決各種問題所需的語言溝通能力」分成以下「語言知識」、「讀解」、「聽解」等三個項目做測驗。

語言知識	各種問題所需之日語的文字、語彙、文法的相關知識。
讀　解	運用語言知識以理解文字內容，具備解決各種問題所需的能力。
聽　解	運用語言知識以理解口語內容，具備解決各種問題所需的能力。

作答方式與舊制測驗相同，將多重選項的答案劃記於答案卡上。此外，並沒有直接測驗口語或書寫能力的科目。

2. 認證基準

新制測驗共分為 N1、N2、N3、N4、N5 五個級數。最容易的級數為 N5，最困難的級數為 N1。

與舊制測驗最大的不同，在於由四個級數增加為五個級數。以往有許多通過 3 級認證者常抱怨「遲遲無法取得 2 級認證」。為因應這種情況，於舊制測驗的 2 級與 3 級之間，新增了 N3 級數。

新制測驗級數的認證基準，如表 1 的「讀」與「聽」的語言動作所示。該表雖未明載，但應試者也必須具備為表現各語言動作所需的語言知識。

N4 與 N2 主要是測驗應試者在教室習得的基礎日語的理解程度；N1 與 N 2 是測驗應試者於現實生活的廣泛情境下，對日語理解程度；至於新增的 N3，則是介於 N1 與 N2，以及 N4 與 N5 之間的「過渡」級數。關於各級數的「讀」與「聽」的具體題材（內容），請參照表 1。

■ 表 1 新「日語能力測驗」認證基準

	級數	認證基準 各級數的認證基準，如以下【讀】與【聽】的語言動作所示。各級數亦必須具備為表現各語言動作所需的語言知識。
困難 ＊	N1	能理解在廣泛情境下所使用的日語 【讀】· 可閱讀話題廣泛的報紙社論與評論等論述性較複雜及較抽象的文章，且能理解其文章結構與內容。 · 可閱讀各種話題內容較具深度的讀物，且能理解其脈絡及詳細的表達意涵。 【聽】· 在廣泛情境下，可聽懂常速且連貫的對話、新聞報導及講課，且能充分理解話題走向、內容、人物關係、以及說話內容的論述結構等，並確實掌握其大意。
	N2	除日常生活所使用的日語之外，也能大致理解較廣泛情境下的日語 【讀】· 可看懂報紙與雜誌所刊載的各類報導、解說、簡易評論等主旨明確的文章。 · 可閱讀一般話題的讀物，並能理解其脈絡及表達意涵。 【聽】· 除日常生活情境外，在大部分的情境下，可聽懂接近常速且連貫的對話與新聞報導，亦能理解其話題走向、內容、以及人物關係，並可掌握其大意。

	N3	能大致理解日常生活所使用的日語 【讀】・可看懂與日常生活相關的具體內容的文章。 ・可由報紙標題等，掌握概要的資訊。 ・於日常生活情境下接觸難度稍高的文章，經換個方式敘述，即可理解其大意。 【聽】・在日常生活情境下，面對稍微接近常速且連貫的對話，經彙整談話的具體內容與人物關係等資訊後，即可大致理解。
＊ 容 易 ↓	N4	能理解基礎日語 【讀】・可看懂以基本語彙及漢字描述的貼近日常生活相關話題的文章。 【聽】・可大致聽懂速度較慢的日常會話。
	N5	能大致理解基礎日語 【讀】・可看懂以平假名、片假名或一般日常生活使用的基本漢字所書寫的固定詞句、短文、以及文章。 【聽】・在課堂上或周遭等日常生活中常接觸的情境下，如為速度較慢的簡短對話，可從中聽取必要資訊。

＊ N1 最難，N5 最簡單。

3. 測驗科目

新制測驗的測驗科目與測驗時間如表 2 所示。

■ 表 2　測驗科目與測驗時間 ＊ ①

級數	測驗科目 （測驗時間）			
N1	語言知識（文字、語彙、文法）、讀解 （110 分）		聽解 （60 分）	→	測驗科目為「語言知識（文字、語彙、文法）、讀解」；以及「聽解」共 2 科目。
N2	語言知識（文字、語彙、文法）、讀解 （105 分）		聽解 （50 分）	→
N3	語言知識 （文字、語彙） （30 分）	語言知識（文法）、讀解 （70 分）	聽解 （40 分）	→	測驗科目為「語言知識（文字、語彙）」；「語言知識（文法）、讀解」；以及「聽解」共 3 科目。
N4	語言知識 （文字、語彙） （30 分）	語言知識（文法）、讀解 （60 分）	聽解 （35 分）	→
N5	語言知識 （文字、語彙） （25 分）	語言知識（文法）、讀解 （50 分）	聽解 （30 分）	→

N1 與 N2 的測驗科目為「語言知識（文字、語彙、文法）、讀解」以及「聽解」共 2 科目；N3、N4、N5 的測驗科目為「語言知識（文字、語彙）」、「語言知識（文法）、讀解」、「聽解」共 3 科目。

由於 N3、N4、N5 的試題中，包含較少的漢字、語彙、以及文法項目，因此當與 N1、N2 測驗相同的「語言知識（文字、語彙、文法）、讀解」科目時，有時會使某幾道試題成為其他題目的提示。為避免這個情況，因此將「語言知識（文字、語彙、文法）、讀解」，分成「語言知識（文字、語彙）」和「語言知識（文法）、讀解」施測。

＊①：聽解因測驗試題的錄音長度不同，致使測驗時間會有些許差異。

4. 測驗成績

4－1　量尺得分

舊制測驗的得分，答對的題數以「原始得分」呈現；相對的，新制測驗的得分以「量尺得分」呈現。

「量尺得分」是經過「等化」轉換後所得的分數。以下，本手冊將新制測驗的「量尺得分」，簡稱為「得分」。

4－2　測驗成績的呈現

新制測驗的測驗成績，如表3的計分科目所示。N1、N2、N3 的計分科目分為「語言知識（文字、語彙、文法）」、「讀解」、以及「聽解」3 項；N4、N5 的計分科目分為「語言知識（文字、語彙、文法）、讀解」以及「聽解」2 項。

會將 N4、N5 的「語言知識（文字、語彙、文法）」和「讀解」合併成一項，是因為在學習日語的基礎階段，「語言知識」與「讀解」方面的重疊性高，所以將「語言知識」與「讀解」合併計分，比較符合學習者於該階段的日語能力特徵。

■ 表 3　各級數的計分科目及得分範圍

級數	計分科目	得分範圍
N1	語言知識（文字、語彙、文法） 讀解 聽解	0 ～ 60 0 ～ 60 0 ～ 60
	總分	0 ～ 180

N2	語言知識（文字、語彙、文法） 讀解 聽解	0 ～ 60 0 ～ 60 0 ～ 60
	總分	0 ～ 180
N3	語言知識（文字、語彙、文法） 讀解 聽解	0 ～ 60 0 ～ 60 0 ～ 60
	總分	0 ～ 180
N4	語言知識（文字、語彙、文法）、讀解 聽解	0 ～ 120 0 ～ 60
	總分	0 ～ 180
N5	語言知識（文字、語彙、文法）、讀解 聽解	0 ～ 120 0 ～ 60
	總分	0 ～ 180

各級數的得分範圍，如表3所示。N1、N2、N3的「語言知識（文字、語彙、文法）」、「讀解」、「聽解」的得分範圍各為0 ～ 60分，三項合計的總分範圍是0 ～ 180分。「語言知識（文字、語彙、文法）」、「讀解」、「聽解」各占總分的比例是1：1：1。

N4、N5的「語言知識（文字、語彙、文法）、讀解」的得分範圍為0 ～ 120分，「聽解」的得分範圍為0 ～ 60分，二項合計的總分範圍是0 ～ 180分。「語言知識（文字、語彙、文法）、讀解」與「聽解」各占總分的比例是2：1。還有，「語言知識（文字、語彙、文法）、讀解」的得分，不能拆解成「語言知識（文字、語彙、文法）」與「讀解」二項。

除此之外，在所有的級數中，「聽解」均占總分的三分之一，較舊制測驗的四分之一為高。

4－3　合格基準

舊制測驗是以總分作為合格基準；相對的，新制測驗是以總分與分項成績的門檻二者作為合格基準。所謂的門檻，是指各分項成績至少必須高於該分數。假如有一科分項成績未達門檻，無論總分有多高，都不合格。

新制測驗設定各分項成績門檻的目的，在於綜合評定學習者的日語能力，須符合以下二項條件才能判定為合格：①總分達合格分數（＝通過標準）以上；②各分項成績達各分項合格分數（＝通過門檻）以上。如有一科分項成績未達門檻，無論總分多高，也會判定為不合格。

N1～N3及N4、N5之分項成績有所不同，各級總分通過標準及各分項成績通過門檻如下所示：

級數	總分		分項成績					
			言語知識 （文字・語彙・文法）		讀解		聽解	
	得分範圍	通過標準	得分範圍	通過門檻	得分範圍	通過門檻	得分範圍	通過門檻
N1	0～180分	100分	0～60分	19分	0～60分	19分	0～60分	19分
N2	0～180分	90分	0～60分	19分	0～60分	19分	0～60分	19分
N3	0～180分	95分	0～60分	19分	0～60分	19分	0～60分	19分

級數	總分		分項成績			
			言語知識 （文字・語彙・文法）・讀解		聽解	
	得分範圍	通過標準	得分範圍	通過門檻	得分範圍	通過門檻
N4	0～180分	90分	0～120分	38分	0～60分	19分
N5	0～180分	80分	0～120分	38分	0～60分	19分

※ 上列通過標準自 2010 年第 1 回 (7 月)【N4、N5 為 2010 年第 2 回 (12 月)】起適用。

缺考其中任一測驗科目者，即判定為不合格。寄發「合否結果通知書」時，含已應考之測驗科目在內，成績均不計分亦不告知。

4 － 4　測驗結果通知

依級數判定是否合格後，寄發「合否結果通知書」予應試者；合格者同時寄發「日本語能力認定書」。

■ N1, N2, N3

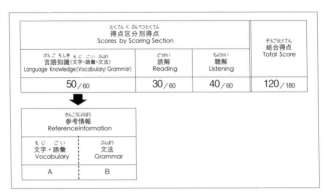

■ N4, N5

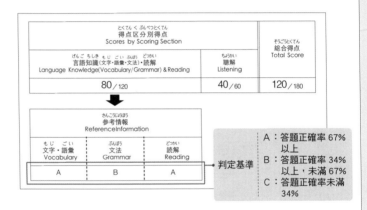

※ 各節測驗如有一節缺考就不予計分，即判定為不合格。雖會寄發「合否結果通知書」但所有分項成績，含已出席科目在內，均不予計分。各欄成績以「*」表示，如「** ／ 60」。

※ 所有科目皆缺席者，不寄發「合否結果通知書」。

N5 題型分析

測驗科目 （測驗時間）				試題內容	
			題型	小題 題數 ＊	分析
語言知識 （25分）	文字、語彙	1	漢字讀音 ◇	12	測驗漢字語彙的讀音。
		2	假名漢字寫法 ◇	8	測驗平假名語彙的漢字及片假名的寫法。
		3	選擇文脈語彙 ◇	10	測驗根據文脈選擇適切語彙。
		4	替換類義詞 ○	5	測驗根據試題的語彙或說法，選擇類義詞或類義說法。
語言知識、讀解 （50分）	文法	1	文句的文法 1 （文法形式判斷） ○	16	測驗辨別哪種文法形式符合文句內容。
		2	文句的文法 2 （文句組構） ◆	5	測驗是否能夠組織文法正確且文義通順的句子。
		3	文章段落的文法 ◆	5	測驗辨別該文句有無符合文脈。
	讀解＊	4	理解內容 （短文） ○	3	於讀完包含學習、生活、工作相關話題或情境等，約 80 字左右的撰寫平易的文章段落之後，測驗是否能夠理解其內容。
		5	理解內容 （中文） ○	2	於讀完包含以日常話題或情境為題材等，約 250 字左右的撰寫平易的文章段落之後，測驗是否能夠理解其內容。
		6	釐整資訊 ◆	1	測驗是否能夠從介紹或通知等，約 250 字左右的撰寫資訊題材中，找出所需的訊息。
聽解 （30分）		1	理解問題 ◇	7	於聽取完整的會話段落之後，測驗是否能夠理解其內容（於聽完解決問題所需的具體訊息之後，測驗是否能夠理解應當採取的下一個適切步驟）。
		2	理解重點 ◇	6	於聽取完整的會話段落之後，測驗是否能夠理解其內容（依據剛才已聽過的提示，測驗是否能夠抓住應當聽取的重點）。
		3	適切話語 ◆	5	測驗一面看圖示，一面聽取情境說明時，是否能夠選擇適切的話語。
		4	即時應答 ◆	6	測驗於聽完簡短的詢問之後，是否能夠選擇適切的應答。

＊「小題題數」為每次測驗的約略題數，與實際測驗時的題數可能未盡相同。
　此外，亦有可能會變更小題題數。

＊有時在「讀解」科目中，同一段文章可能會有數道小題。

＊符號標示：「◆」舊制測驗沒有出現過的嶄新題型；「◇」沿襲舊制測驗的題型，但是更動部分形式；「○」與舊制測驗一樣的題型。

課題理解

於聽取完整的會話段落之後，測驗是否能夠理解其內容（於聽完解決問題所需的具體訊息之後，測驗是否能夠理解應當採取的下一個適切步驟）。

考前要注意的事

▶ 作答流程 & 答題技巧

聽取說明	先仔細聽取考題說明

聽取 問題與內容	仔細聆聽問題與對話內容，並在聽取建議、委託、指示等相關對話之後，判斷接下來該怎麼做。 內容順序一般是「提問 ➡ 對話 ➡ 提問」 預估有 7 題 **1** 首先要理解應該做什麼事？第一優先的任務是什麼？邊聽邊整理。 **2** 並在聽取對話時，同步比對選項，將確定錯誤的選項排除。 **3** 選項以文字出現時，一般會考跟對話內容不同的表達方式。

答題	再次仔細聆聽問題，選出正確答案

N5 聴力模擬考題 もんだい 1

もんだい 1 では　はじめに、しつもんを　きいて　ください。それから　はなしを
きいて、　もんだいようしの　1 から 4 の　なかから、いちばん　いいものを　ひとつ
えらんで　ください。

(1-1) 1ばん 【答案跟解説：018 頁】　　　　　　　答え：① ② ③ ④

(1-2) 2ばん 【答案跟解説：018 頁】　　　　　　　答え：① ② ③ ④

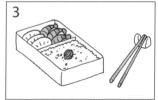

1-3 **3ばん** 【答案跟解説：020頁】　　　　　　　答え：① ② ③ ④

1-4 **4ばん** 【答案跟解説：020頁】　　　　　　　答え：① ② ③ ④

もんだい1　第 ① 題 答案跟解說　　　答案：4　1-1

男の人が話しています。男の人はこのあと初めに何をしますか。

Ｍ：明日から、日本へ旅行に行きます。日本に持って行く大きなかばんがありませんので、今からデパートへ買いに行きます。それから本屋に行って、日本の地図を買います。

男の人はこのあと初めに何をしますか。

【譯】有位男士正在說話。請問這位男士接下來首先要做什麼呢？

Ｍ：我明天要去日本旅行。我沒有可以帶去日本的大包包，所以現在要去百貨公司買。接著要去書店買日本地圖。

請問這位男士接下來首先要做什麼呢？

もんだい1　第 ② 題 答案跟解說　　　答案：2　1-2

バスの前で、男の人が大勢の人に話しています。この人たちはこのあと初めに何をしますか。

Ｍ：今からバスに乗って大阪へ行きます。バスにはトイレがありませんので、バスに乗る前に、皆さんトイレに行ってください。お弁当はバスの中で食べますよ。大阪では、きれいな花を見に行きますので、カメラを忘れないでくださいね。

この人たちはこのあと初めに何をしますか。

【譯】有位男士正在巴士前對眾人說話。請問這些人接下來首先要做什麼呢？

Ｍ：我們現在準備要搭巴士去大阪。巴士上面沒有廁所，所以請大家在上車前先去洗手間。我們會在巴士裡享用便當唷。到了大阪以後，要去欣賞美麗的櫻花，所以也別忘記帶相機喔。

請問這些人接下來首先要做什麼呢？

解題關鍵と訣竅

【關鍵句】今からデパートへ買いに行きます。

▶ 這題問的是接下來首先要做什麼，這類題型常會出現好幾件事情來混淆考生，這時就要留意表示事情先後順序的連接詞，這些連接詞後面的內容通常就是解題關鍵。

▶ 首先，快速預覽這四個選項，並立即在腦中反應日語怎麼說。這一題的重點在「今からデパートへ買いに行きます」，關鍵的連接詞「今から」（現在就）要去百貨公司買什麼呢？必須要聽懂前面的「因為我沒有可以帶去日本的大包包」，才能知道答案是4，要去買大包包。

▶ 後面的「接著要去書店買日本地圖」，表示去書店買地圖這件事情，是在去百貨公司之後才做的，所以圖2、圖3都是不正確的。

▶ 表示事情先後順序的連接詞還有：「これから」（從現在起）、「その前に」（在這之前）、「あとで」（待會兒）、「今から」（現在就…）、「まず」（首先）等等。

單字と文法

□ このあと 之後　　　□ 今 現在　　　□ 本屋 書店
□ 旅行 旅行　　　　　□ に行く 去…〔地方〕　　□ 地図 地圖
□ ので 因為…　　　　□ それから 接下來

解題關鍵と訣竅

【關鍵句】バスに乗る前に、皆さんトイレに行ってください。

▶ 一看到這四張圖馬上反應相對應的動作有「バスに乗る、トイレに行く、お弁当を食べる、写真を撮る」。這道題要問「這些人接下來首先要做什麼」。對話一開始，知道大家準備要「バスに乗って」去大阪。不過接下來一句，請大家在上車前「トイレに行って」，讓「上廁所」的順序排在「搭巴士」前面。知道答案是2。

▶ 至於，「お弁当」是在巴士裡享用，暗示「吃便當」是排在「搭巴士」之後，所以圖3不正確；而使用到「カメラ」，必須是到了大阪以後才做的動作。所以四個動作的排序應該是「2→1→3→4」。

▶ 由於動作順序的考題，常會來個前後大翻盤，把某一個動作插入前面的動作，也就是「用後項推翻前項」的手法。因此，一定要集中精神往下聽，不到最後不妄下判斷。

▶ 生活小知識：為了飛航安全，出國時美工刀、打火機等不能隨身攜帶上飛機。上飛機坐定之後，也要關掉手機及所有個人電子用品的電源！

單字と文法

□ バス【bus】公車　　□ 皆さん 各位　　　□ 忘れる 忘記
□ 乗る 乘坐　　　　　□ きれい 美麗的　　　□ ないでください 請不要…
□ トイレ【toilet】廁所　□ カメラ【camera】照相機

男の人が話しています。きょうの天気はどうですか。

M：きのうは一日中雨でしたが、きょうは午後からいいお天気になるでしょう。午前中は少し雨が降りますので、洗濯は午後からしたほうがいいでしょう。きょうの午後から日曜日までは、雲がないいいお天気になるでしょう。

きょうの天気はどうですか。

【譯】有位男士正在說話。請問今天的天氣如何呢？

M：雖然昨天下了一整天的雨，但是今天從下午開始天氣就會轉好。上午仍有短暫陣雨，建議到下午以後再洗曬衣物。從今天下午直到星期天，應該都是萬里無雲的好天氣。

請問今天的天氣如何呢？

女の人が話しています。散歩のとき、女の人はいつもどうしますか。

F：わたしは毎日散歩をします。いつも音楽を聴きながら、家の近くを30分ぐらい歩きます。公園では犬といっしょに散歩している人によく会います。

散歩のとき、女の人はいつもどうしますか。

【譯】有位女士正在說話。請問平常散步時，這位女士會做什麼呢？

F：我每天都會散步。我總是聽著音樂，在自家附近散步大約30分鐘。我經常在公園遇見和狗一起散步的人。

請問平常散步時，這位女士會做什麼呢？

解題關鍵と訣竅

【關鍵句】きょうは午後からいいお天気になるでしょう。午前中は少し雨が降りますので…

▶ 這一題問題關鍵在「きょう」（今天），如果提問出現「きょう」，題目通常會有「きのう」（昨天）、「あした」（明天）等單字來混淆考生，要小心。

▶ 這道題要問的是「今天的天氣如何」。一開始男士說「一日中雨でした」這是昨天的天氣，是干擾項。接下來才是關鍵「きょうは午後からいいお天気になるでしょう」（今天從下午開始天氣就會轉好）後面再加上一句「午前中は少し雨が降ります」（上午仍有短暫陣雨），暗示了今天的天氣是由雨轉晴。正確答案是3。

▶「Aは～（が）、Bは～」（A是…，B則是…）是前後對比關係的句型，常出現在考題，很重要的。

▶ 天氣常見用語，如：「晴れ」（晴朗）、「曇り」（陰天）、「台風」（颱風）及「雪」（雪）等。

說法百百種詳見 ≫ P080-1

單字と文法

□ 天気 天氣　　　　　　□ 少し 一些　　　　　　□ 日曜日 星期天

□ 一日中 一整天　　　　□ 洗濯 洗衣物　　　　　□ 雲 雲

□ 午前 上午　　　　　　□ ほうがいい …比較合適

解題關鍵と訣竅

【關鍵句】いつも音楽を聴きながら、家の近くを30分ぐらい歩きます。

▶「どうしますか」用來詢問某人採取行動的內容、方法或狀態。會話中一定會談論幾種行動，讓考生從中選擇一項，迷惑性高，需仔細分析及良好的短期記憶。

▶ 這一題首先要注意到「いつも音楽を聴きながら、家の近くを30分ぐらい歩きます」，知道她喜歡邊聽音樂邊散步，可別選「只在走路」的圖4。正確答案是1。

▶ 題目另一個陷阱在，女士說我經常在公園遇見「犬といっしょに散歩している人」（和狗一起散步的人）表示女士只是常常遇到遛狗的人，可別以為遛狗的是這名女士。

▶「動詞＋ながら」表示一個主體同時進行兩個動作，注意此時後面的動作才是主要動作喔！

▶「ぐらい」表示大約的時間；「家の近くを」的「を」後面接有移動性質的自動詞，如「歩く」、「散歩する」及「飛ぶ」，表示移動的路徑或範圍。

單字と文法

□ 散歩 散步　　　　　　□ 聴く 聽〔音樂〕　　　□ ぐらい 大約

□ いつも 總是　　　　　□ ながら 一邊做…一邊…　□ 会う 遇見

□ 毎日 每天　　　　　　□ 近く 附近

1	2
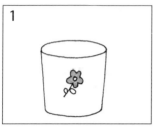	

3	4
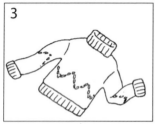	

1-6 **6ばん**　【答案跟解説：024頁】　　　　　　答え：① ② ③ ④

1	2

3	4

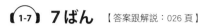 **7ばん** 【答案跟解説：026頁】 答え：① ② ③ ④

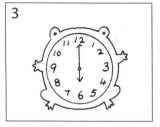

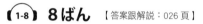 **8ばん** 【答案跟解説：026頁】 答え：① ② ③ ④

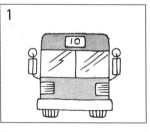
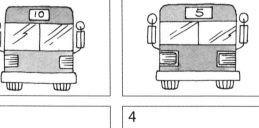
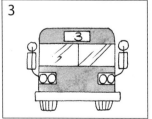

女の子が話しています。女の子は両親から何をもらいましたか。

F：ことしの誕生日には、みんなからいろいろなプレゼントをもらいました。妹はかわいいコップをくれました。お父さんとお母さんからはカメラをもらいました。遠くに住んでいるおばあちゃんは電話で「セーターを送った」と言っていました。

女の子は両親から何をもらいましたか。

【譯】有個女孩正在說話。請問女孩從父母那邊得到什麼禮物呢？
　　　F：我今年的生日收到了各種禮物：妹妹送我一只可愛的杯子，爸爸和媽媽送我一台相機，還有住在很遠的奶奶打電話來說她寄了一件毛衣給我。
　　　請問女孩從父母那邊得到什麼禮物呢？

教室で、先生が話しています。テストが終わった生徒はどうしますか。

M：9時から英語のテストをします。時間は2時間で11時までです。テストが早く終わった人は、図書館に行って、本を読んでください。でも10時までは教室を出ないでください。いいですか。それでは始めてください。

テストが終わった生徒はどうしますか。

【譯】有位老師正在教室裡說話。請問寫完考卷的學生該做什麼呢？
　　　M：從9點開始考英文。考試時間共2小時，考到11點。先寫完考卷的人，請到圖書館去看書；不過，在10點以前請別離開教室。大家都聽清楚了嗎？那麼，現在開始作答。
　　　請問寫完考卷的學生該做什麼呢？

攻略的要點　「両親」＝「お父さんとお母さん」！

解題關鍵と訣竅

【關鍵句】お父さんとお母さんからはカメラをもらいました。

▶ 這道題要問的是「女孩從父母那邊得到什麼禮物」。首先，預覽這四張圖，判斷這段話中出現的東西應該會有「コップ、カメラ、セーター」，而且立即想出這四樣東西相的日文。這段話一開始女孩說「コップ」是妹妹送的，馬上消去1，接下來女孩說的「お父さんとお母さんからはカメラをもらいました」就是答案了。解題關鍵在聽懂「お父さんとお母さん」（爸爸和媽媽）就是「両親」（雙親）的意思。正確的答案是2。至於「セーター」是奶奶打電話來說要送的。

▶ 「と」前面接說話的內容，表示直接引述。表示「轉述」時不能說「Aは～と言いました」，必須說「Aは～と言っていました」。

▶ 「AはBをくれる」（A把B送給我）中的「くれる」帶有感謝的意思，如果用「もらう」就有自己主動向對方要東西的語感。

▶ 在別人面前稱呼自己的父母一般用「父」或「母」。

說法百百種詳見 ▶▶ P080-2

單字と文法

□ 両親 父母　　　□ 誕生日 生日　　　□ かわいい 可愛的
□ 何 什麼　　　□ プレゼント【present】禮物　　　□ コップ【荷 kop】杯子
□ ことし 今年　　　□ もらう 得到

攻略的要點　要小心追加的限定條件！

解題關鍵と訣竅

【關鍵句】テストが早く終わった人は、図書館に行って、本を読んでください。でも10時までは教室を出ないでください。

▶ 這一題雖然是問「該做什麼」，不過四張圖片各有一個時鐘，所以除了行動之外，也要特別留意行動的時間。

▶ 預覽這四圖，瞬間區別它們的差異，腦中並馬上閃現相關單字：「帰る、本を読む」、「9時、10時、11時」。

▶ 「テストが早く終わった人は、図書館に行って、本を読んでください」，表示先考完試的人要去圖書館看書，所以圖1、4的「回家」就不正確了，馬上刪去。接下來老師又加了前提：「在10點以前請別離開教室」所以圖2「9點看書」是不正確的。答案是3。

▶ 「動詞ない形＋ないでください」表示請求對方不要做某事；「動詞て形＋ください」表示請求、指示或命令某人做某事。一般常用在老師對學生、上司對部屬、醫生對病人等指示、命令的時候。

單字と文法

□ テスト【test】考試　　　□ 英語 英文　　　□ 出る 離開
□ 終わる 結束　　　□ 早い 迅速　　　□ 始める 開始
□ 生徒 學生　　　□ 図書館 圖書館

課題理解 | 25

_{おんな} _{ひと} _{はな}　　　　　　　　　　　　　 _{おんな} _{ひと} _{なんじ}　　　　　　 _{かいじょう} _{はい}
女の人が話しています。女の人は何時にコンサートの会場に入りましたか。

F：きのうのコンサートは7時半から始まりました。わたしは6時に会場に
　　着きました。コンサートが始まる1時間前に入り口のドアが開きました。
　　でも、大勢の人が見に来ていましたので、中に入ったときは、もう7時
　　過ぎでした。とてもいいコンサートでした。また行きたいです。

女の人は何時にコンサートの会場に入りましたか。

【譯】有位女士正在說話。請問這位女士是在幾點進入音樂會會場的呢？
　　F：昨天的音樂會從7點半開始演出。我在6點時抵達會場。開演前1個小時開
　　　　放入場，可是到場的聽眾很多，所以等到我入場時，已經過了7點。這場
　　　　音樂會實在很棒，下次我還想再去聽。
　　請問這位女士是在幾點進入音樂會會場的呢？

_{おんな} _{ひと}　　　 _{うんてんしゅ} _{はな}　　　　　　 _{おんな} _{ひと} _{なんばん}　　　　　 _の
女の人がバスの運転手と話しています。女の人は何番のバスに乗ってさくら
_{びょういん} _い
病院に行きますか。

F：すみません、このバスはさくら病院まで行きますか。

M：いいえ、行きません。3番か5番のバスに乗ってください。3番のバス
　　はさくら病院まで30分ぐらいかかりますが、5番のバスは10分ぐらい
　　で着きます。5番のバスのほうがいいですね。

F：わかりました。ありがとうございます。

女の人は何番のバスに乗ってさくら病院に行きますか。

【譯】有位女士正在和公車司機說話。請問這位女士應該搭乘幾號公車前往櫻醫院呢？
　　F：不好意思，請問這台公車會到櫻醫院嗎？
　　M：不會喔。請搭乘3號或5號公車。3號公車到櫻醫院大概要花上30分鐘，不過
　　　　5號公車10分鐘左右就到了，搭5號公車比較好喔。
　　F：我知道了，謝謝。
　　請問這位女士應該搭乘幾號公車前往櫻醫院呢？

攻略的要點 注意「時間＋過ぎ」的用法！

翻譯與題解

もんだい ❶

もんだい 2

もんだい 3

もんだい 4

解題關鍵と訣竅

【關鍵句】中に入ったときは、もう7時過ぎでした。

▶ 先預覽這4個選項，腦中馬上反應出「7:30（半）、7:00、6:00、7:05（すぎ）」的時間詞唸法。記得！聽懂問題才能精準挑出提問要的答案！這道題要問的是「女士是在幾點進入音樂會會場」，緊記這個大方向，然後集中精神聽準進入「会場」的時間。

▶ 女士說的這段話中出現了4個時間詞，首先「7時半」是音樂會開演時間，是干擾項，可以消去圖1。「6時」是女士抵達會場會場時間，也是陷阱，刪去圖3。開演「1時間前」是開放入場時間，跟答案無關。接下來說的，入場時「もう7時過ぎでした」（已經過了7點），圖1和圖4雖然都是「過了7點」，不過「時間＋過ぎ」表示只超過一些時間。因此，圖1的「7:30」就不正確了，正確答案是4。

▶ 接尾詞「すぎ」，接在時間名詞後面，表示比那時間稍後；接尾詞「まえ」，接在時間名詞後面，表示那段時間之前。

單字と文法

- □ コンサート【concert】音樂會
- □ 会場 會場
- □ 入る 進入
- □ 始まる 開始
- □ 大勢 許多
- □ もう 已經
- □ また 再一次
- □ たい 想要…

解題關鍵と訣竅

【關鍵句】3番か5番のバスに乗ってください。
5番のバスのほうがいいですね。

▶ 看到四輛公車有四個號碼，知道這一題是要選號碼了。這類題型在對話中，一定會出現好幾個數字來混淆考生，要認真、集中注意力往下聽。

▶ 先預覽這4個選項，腦中馬上反應出「10、5、3、30」的唸法。這題要問的是「女士應該搭乘幾號公車前往櫻醫院」。

▶ 首先是司機回答說請搭「3號或5號」公車，可以馬上除去圖1「10番」跟圖4「30番」。接下來司機又建議3號公車要30多分鐘，5號公車只要10分鐘左右就到了，並總結說「5番のバスのほうがいいですね」（搭5號公車比較好喔），知道答案是2了。

▶「か」表示在幾個當中選出其中一個；「～ほうがいい」（…比較好）用來比較判斷兩件事物的好壞，並做出建議；「～で着きます」的「で」（花費），表示需要的時間。

▶ 在東京沒有電車經過或停靠的地方，幾乎都有公車行駛。因此搭公車遊遍日本大街小巷是另一種觀察日本庶民生活的好方法喔！

說法百百種詳見 ▶▶ P080-3

單字と文法

- □ 運転手 司機
- □ 何番 幾號
- □ 病院 醫院
- □ まで 到…為止
- □ てください 請…
- □ かかる 花…
- □ 着く 到達
- □ 分かる 知道

(1-9) **9 ばん** 【答案跟解説：030 頁】　　　　答え：① ② ③ ④

(1-10) **10 ばん** 【答案跟解説：030 頁】　　　　答え：① ② ③ ④

(1-11) 11 ばん 【答案跟解説：032 頁】　　答え：① ② ③ ④

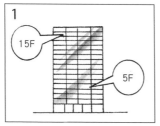

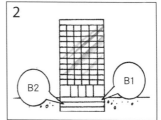

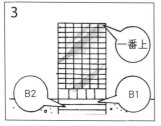

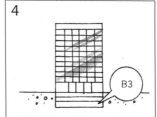

(1-12) 12 ばん 【答案跟解説：032 頁】　　答え：① ② ③ ④

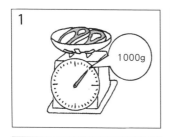

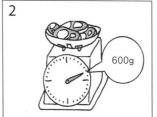

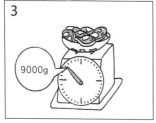

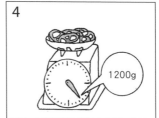

男の人が話しています。きょう、男の人は何ページから本を読みますか。

M：きのう、新しい本を買いました。きのうは一日で 80 ページまで読みました。でも、とても疲れていて、読みながら寝ましたので、最後の 5 ページぐらいは、あまり覚えていません。きょうは 5 ページ前からもう一度読みます。200 ページまで読みたいです。

きょう、男の人は何ページから本を読みますか。

【譯】有位男士正在說話。請問今天這位男士會從第幾頁開始讀起呢？

　　　M：我昨天買了新書。昨天一整天下來讀到第80頁；不過因為很累，讀著讀著就睡著了，所以最後大約有 5 頁左右的內容幾乎都不太記得了。今天打算再從前 5 頁讀起，希望能讀到第200頁。

　　　請問今天這位男士會從第幾頁開始讀起呢？

女の人が話しています。ことし、女の人は何曜日にお弁当を作っていますか。

F：娘が幼稚園に行っていますので、一週間に 2 回お弁当を作っています。今は水曜日と金曜日ですが、来年からは金曜日だけ作ります。ちょっとうれしいです。

ことし、女の人は何曜日にお弁当を作っていますか。

【譯】有位女士正在說話。請問今年這位女士在星期幾做便當呢？

　　　F：我的女兒在上幼稚園，所以我一個禮拜為她準備兩次便當。目前是每週三和週五需要帶便當，但從明年起只有週五才要準備便當，我還滿開心的。

　　　請問今年這位女士在星期幾做便當呢？

攻略的要點 小心頁數和頁碼的陷阱！

翻譯與題解

もんだい

❶

もんだい

2

もんだい

3

もんだい

4

解題關鍵と訣竅

【關鍵句】きのうは一日で 80 ページまで読みました。
きょうは 5 ページ前からもう一度読みます。

▶ 看到翻開的書本，先預覽這 4 個選項，腦中馬上反應出「4，5、74，75、76，77、80，81」的唸法，然後立即充分調動手、腦、邊聽邊刪除干擾項。

▶ 這道題要問的是「今天男士會從第幾頁開始讀起」。這道題數字多，而且說話中，沒有直接說出考試點的數字，必須經過加減乘除的計算及判斷力。另外，問題中的「きょう」（今天）也很重要，可別被「きのう」（昨天）這些不相干的時間詞給混淆了。

▶ 首先是男士說的「80 ページ」（80 頁）是昨天一整天看的總頁數。又接著說因為讀累了，最後約有 5 頁幾乎不記得了，今天打算再從「5 ページ前」（前 5 頁）讀起。這樣算法就是，看到第 80 頁，回到前 5 頁，那就是從 76 頁讀起，可別以為是「80-5=75」了。正確答案是 3。

▶「一日で」的「で」表示總計；「～たいです」（我想…）表示說話者的心願、希望；「覚えていません」是「不記得」，「覚えません」是「我不要記住」的意思。

單字と文法

- □ ページ【page】頁
- □ でも 但是
- □ 寝る 睡覺
- □ あまり～ない 幾乎不…
- □ 読む 閱讀
- □ 疲れる 疲累
- □ 最後 最後
- □ 覚える 記得

解題關鍵と訣竅

【關鍵句】今は水曜日と金曜日ですが、…。

▶ 看到週曆，先預覽這 4 個選項，腦中馬上反應出「（月、火、水、木、金）曜日」的唸法，然後充分調動手、腦、邊聽邊刪除干擾項。

▶ 首先這一道題要問的是「今年這位女士在星期幾做便當」，要掌握「ことし」跟「何曜日」這兩大方向。這題由女士一個人講完，一開始先說出一禮拜準備兩次，又補充「今は水曜日と金曜日」（目前是每週三和週五）要帶便當，這時要快速轉動腦筋反應「今」（現在）就是「ことし」（今年）了，正確答案是 1。至於後面說的「金曜日だけ」（只有週五），是從「来年」開始，是一個大陷阱，要聽清楚。

▶ 日本媽媽的便當不管色、香、味可以打滿分，花樣更是百百種。其中，有一種叫「キャラ弁」（卡通便當），「キャラ弁」是日本媽媽花盡巧思以各種食材製作成動植物、卡通及漫畫人物等模樣的便當，目的是為了讓小孩克服偏食或是吃得更開心。

單字と文法

- □ 弁当 便當
- □ 娘 女兒
- □ 水曜日 星期三
- □ 来年 明年
- □ 作る 製作
- □ 幼稚園 幼稚園
- □ 金曜日 星期五
- □ うれしい 開心

デパートの人が話しています。レストランはどこにありますか。

F：ここは、日本で一番大きいデパートです。中にはたくさんのお店があります。女の人の服は5階から15階にあります。地下1階、地下2階と一番上の階には有名なレストランが入っています。いろいろな国の料理がありますよ。食料品は地下3階です。

レストランはどこにありますか。

【譯】有位百貨公司的員工正在說話。請問餐廳位於哪裡呢？
　　　F：這裡是全日本規模最大的百貨公司，有非常多店舖進駐。仕女服飾位在5樓至15樓；地下2樓、地下2樓和最頂樓都是知名餐廳，有各國料理喔；食材則是在地下3樓。
　　　請問餐廳位於哪裡呢？

お客さんと肉屋の人が話しています。お客さんは全部で何グラムの肉を買いましたか。

F：すみません、牛肉はいくらですか。

M：いらっしゃい。きょうは牛肉は安いですよ。100グラム1000円です。

F：ぶた肉は？

M：ぶた肉は100グラム500円です。

F：じゃあ、牛肉を600グラムとぶた肉を600グラムください。

M：はい、ありがとうございます。全部で9000円です。

お客さんは全部で何グラムの肉を買いましたか。

【譯】有位顧客和肉販老闆正在對話。
　　　請問這位顧客總共買了多少公克的肉呢？
　　　F：請問牛肉怎麼賣？
　　　M：歡迎光臨！今天牛肉大特價喔。100公克1000圓。

F：豬肉呢？

M：豬肉是100公克500圓。

F：那請給我牛肉600公克和豬肉600公克。

M：好的，謝謝惠顧。一共是9000圓。

請問這位顧客總共買了多少公克的肉呢？

解題關鍵と訣竅

【關鍵句】地下1階、地下2階と一番上の階には有名なレストランが入っています。

▶ 看到這道題的圖，馬上反應可能出現的場所詞「5階,15階,地下1階,地下2階、一番上、地下3階」。

▶ 緊抓「餐廳位於哪裡」這個大方向，集中精神、冷靜往下聽，用刪去法。首先聽出「5階から15階」是仕女服飾的位置，馬上就可以刪去圖1。繼續往下聽知道「地下1階、地下2階と一番上の階」就是答案要的餐廳位置了。至於，接下來的「地下3階」是賣食材的位置，也不正確，可以刪去圖4。正確答案是3。

▶ 表示位置的句型還有「AはBにあります」、「BにAがあります」及「AはBです」等等，平時就要熟記這些句型的用法，作答時就能迅速反應喔！

單字と文法

□ デパート【department store 的略稱】百貨公司
□ レストラン【法 restaurant】餐廳
□ たくさん 許多
□ 店 店面

□ 地下 地下
□ 有名 有名
□ 料理 料理
□ 食料品 食材

解題關鍵と訣竅

【關鍵句】牛肉を 600 グラムとぶた肉を 600 グラムください。

▶ 先預覽這4個選項，知道要考的是公克數，腦中馬上反應出「1000g、600g、9000g、1200g」的唸法。這一道題要問的是「顧客總共買了多少公克的肉」，緊記「共買多少公克」這個大方向，邊聽邊判斷。

▶ 首先是男士說「100 グラム 1000 円」，是牛肉的價錢，接下來的「100 グラム 500 円」是豬肉的價錢，都是陷阱處，不要受到干擾。對話接著往下聽，女士說「牛肉を 600 グラムとぶた肉を 600 グラムください」是間接說出了答案要的公克數，這時必須經過加減乘除的計算「600g ＋ 600g ＝ 1200g」，所以顧客總共買了 1200 公克的肉。正確答案是4。

▶ 至於，最後一句的「全部で9000円です」，不僅出現了跟設問一樣的「全部で」，「9000円」也跟選項3的「9000g」容易混淆，是一個大陷阱，要聽清楚問題問的是「公克」不是價錢。

▶ 疑問句「ぶた肉は？」後面省略了「いくらですか」，像這種語調上揚的「〜は？」是常見的省略說法。

單字と文法

□ お客さん 顧客
□ 全部 全部
□ グラム【法 gramme ／英 gram】公克

□ 買う 買
□ 牛肉 牛肉
□ いらっしゃい 歡迎光臨

□ 安い 便宜的
□ 豚肉 豬肉

1-13 13 ばん 【答案跟解説：036 頁】 答え：① ② ③ ④

1	2
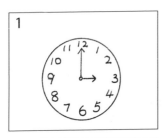	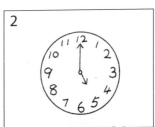

3	4
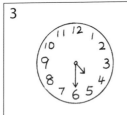	

1-14 14 ばん 【答案跟解説：036 頁】 答え：① ② ③ ④

1	2
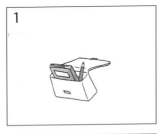	

3	4
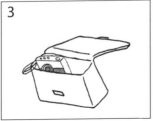	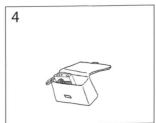

(1-15) 15 ばん　【答案跟解説：038 頁】　　　　　　答え：① ② ③ ④

(1-16) 16 ばん　【答案跟解説：038 頁】　　　　　　答え：① ② ③ ④

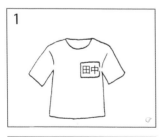

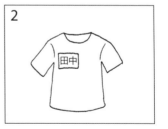

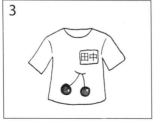

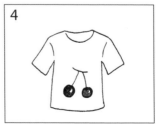

男の子が話しています。男の子は何時ごろ家に帰ってきますか。

M：3時からつよしくんの家に遊びに行きます。公園で会ってから、つよしくんの家に行きます。5時から弟といっしょにサッカーの練習に行くので、30分前には家に帰ります。

男の子は何時ごろ家に帰ってきますか。

【譯】有個男孩正在說話。請問男孩會在幾點左右回家呢？
　　　M：我3點要去小強家玩。我們約好在公園碰面，然後再一起去他家。5點以後我要和弟弟一起去練習足球，所以我會提前30分鐘回家。
　　　請問男孩會在幾點左右回家呢？

男の人が話しています。男の人はどんなかばんをなくしましたか。

M：電車の中でかばんをなくしました。いつもノートや鉛筆を入れている小さなかばんじゃなくて、カメラを入れている大きなかばんです。本当に困りました。

男の人はどんなかばんをなくしましたか。

【譯】有位男士正在說話。請問這位男士弄丟的是什麼樣的包包呢？
　　　M：我的包包在電車裡弄丟了。不是平常裝筆記本或鉛筆的小包包，而是放相機的大包包。真困擾啊。
　　　請問這位男士弄丟的是什麼樣的包包呢？

解題關鍵と訣竅

【關鍵句】5時から弟といっしょにサッカーの練習に行くので、30分前には家に帰ります。

▶ 看到這一題的四個時間，馬上反應圖中「3:00、5:00、4:30（半）、5:30（半）」四個時間詞的唸法。這道題要問的是「男孩會在幾點左右回家」，為了緊記住這個大方向，可以在紙張的空白處，用假名簡單寫下「なんじ」（幾點）跟「かえる」（回家）字，然後集中精神聽準「家に帰る」的時間。要聽清楚每一個時間點做的是什麼事。

▶ 男孩這一段話中出現了3個時間詞，有「3時」、「5時」、「30分前」。其中「3時」跟「5時」是干擾項，不是回家的時間，可以邊聽邊把圖1、2打叉。而最後的「30分前」是間接說出了答案要的時間，也就是「5時」的「30分前」，加以計算一下，就是圖3的「4:30」了。

▶ 「ごろ」指的是大約的時間；「～に行く」表示為了某種目的前往；「～前」（…前）接在時間詞後面，表示在該時間之前。相對地「～後」（…後）表示在該時間之後，可以配對背下來，就能事半功倍喔！

說法百百種詳見 ≫ P081-4

單字と文法

□ てくる …來〔向這邊靠近〕 　□ 公園 公園 　□ サッカー【soccer】足球
□ くん 對男子親密的稱呼 　□ ～てから 做完…之後再 　□ 練習 練習
□ 遊ぶ 玩 　□ いっしょ 一起

解題關鍵と訣竅

【關鍵句】カメラを入れている大きなかばんす。

▶ 這一題問題關鍵在「どんな」（怎樣的）。要仔細聆聽包包的形狀、大小、特徵等等，這一題著重在大小。

▶ 聽完整段話的內容，判斷考生理解內容的能力，是課題理解題型的特色。首先快速預覽這四張圖，知道對話內容的主角是「かばん」（包包），立即比較它們的差異，有「小さい」跟「大きい」，裡面有「ノート、鉛筆」跟「カメラ」。首先掌握設問「男士弄丟的是什麼樣的包包」這一大方向。一開始知道男士弄丟的不是「裝筆記本或鉛筆的小包包」，馬上消去1跟4。接下來男士說的就是答案了「カメラを入れている大きなかばん」，2也不正確，答案是3。

▶ 聽到句型「～じゃなくて、～です」（不是…而是…），就要提高警覺，因為「じゃなくて」的後面通常就是話題的重點。

▶ 「～をなくしました」意思是「把東西弄丟了」，「～がなくなりました」是指東西不見了（沒有強調人為行為），不要用錯囉！

單字と文法

□ どんな 什麼樣子的 　□ なくす 遺失 　□ 鉛筆 鉛筆 　□ 本当 真的
□ かばん 皮包 　□ 電車 電車 　□ 入れる 放入 　□ 困る 困擾

<ruby>女<rt>おんな</rt></ruby>の<ruby>人<rt>ひと</rt></ruby>が<ruby>話<rt>はな</rt></ruby>しています。<ruby>女<rt>おんな</rt></ruby>の<ruby>人<rt>ひと</rt></ruby>はどんな<ruby>服<rt>ふく</rt></ruby>を<ruby>着<rt>き</rt></ruby>て<ruby>出<rt>で</rt></ruby>かけますか。

F：きのうは<ruby>暖<rt>あたた</rt></ruby>かったですが、きょうはとても<ruby>寒<rt>さむ</rt></ruby>いです。きのうはスカートをはいて<ruby>出<rt>で</rt></ruby>かけましたが、きょうはズボンをはいて<ruby>行<rt>い</rt></ruby>きます。テレビで、きょうは<ruby>風<rt>かぜ</rt></ruby>が<ruby>強<rt>つよ</rt></ruby>いと<ruby>言<rt>い</rt></ruby>っていましたので、コートも<ruby>着<rt>き</rt></ruby>て<ruby>行<rt>い</rt></ruby>きます。

<ruby>女<rt>おんな</rt></ruby>の<ruby>人<rt>ひと</rt></ruby>はどんな<ruby>服<rt>ふく</rt></ruby>を<ruby>着<rt>き</rt></ruby>て<ruby>出<rt>で</rt></ruby>かけますか。

【譯】有位女士正在說話。請問這位女士要穿什麼樣的服裝出門呢？

　　　F：昨天天氣雖然很溫暖，可是今天卻很冷。昨天我穿裙子出門，不過今天我要穿長褲。電視上說今天風會很大，所以還要加件大衣。

　　　請問這位女士要穿什麼樣的服裝出門呢？

<ruby>学校<rt>がっこう</rt></ruby>で、<ruby>先生<rt>せんせい</rt></ruby>が<ruby>話<rt>はな</rt></ruby>しています。あした<ruby>学生<rt>がくせい</rt></ruby>はどんなTシャツを<ruby>持<rt>も</rt></ruby>ってきますか。

M：あしたは<ruby>授業<rt>じゅぎょう</rt></ruby>でスポーツをしますので、Tシャツを<ruby>持<rt>も</rt></ruby>ってきてください。<ruby>白<rt>しろ</rt></ruby>いTシャツの<ruby>左<rt>ひだり</rt></ruby>の<ruby>上<rt>うえ</rt></ruby>に<ruby>名前<rt>なまえ</rt></ruby>を<ruby>書<rt>か</rt></ruby>いてくださいね。<ruby>絵<rt>え</rt></ruby>が<ruby>書<rt>か</rt></ruby>いてあるTシャツはいけませんよ。いいですか。

あした<ruby>学生<rt>がくせい</rt></ruby>はどんなTシャツを<ruby>持<rt>も</rt></ruby>ってきますか。

【譯】有位老師正在學校裡說話。請問明天學生們該帶什麼樣的T恤來呢？

　　　M：明天要上體育課，所以請各位帶T恤來。請在白色T恤的左上方寫上姓名，不可以帶印有圖案的T恤喔，大家都聽清楚了嗎？

　　　請問明天學生們該帶什麼樣的T恤來呢？

攻略的要點 ▸ 最後的「も」也要聽準！

翻譯與題解

もんだい

❶

もんだい

2

もんだい

3

もんだい

4

解題關鍵と訣竅

【關鍵句】きょうはズボンをはいて行きます。
コートも着て行きます。

▸ 看到這四張圖，馬上反應是跟人物穿著什麼服飾有關的，然後腦中馬上大膽假設可能出現的「スカート、ズボン、上着、コート」等單字，甚至其它可以看到的外表描述等等，然後瞬間區別他們穿戴上的不同。

▸ 這道題要問的是「女士要穿什麼樣的服裝出門」，抓住這個大方向，集中精神、冷靜往下聽。一聽到昨天穿「スカート」出門，知道是昨天的事，馬上刪去圖 1，一開始也透露出今天很冷，判斷圖 3 也不是答案。最後剩下圖 2 跟 4，要馬上區別出她們的不同就在有無穿外套了。最後，女士說出關鍵處，因為風會很大，所以「コートも着て行きます」（加件大衣出門）。正確答案是 2。

▸ 句型「～は～が、～は～」表示前後內容是對比的，經常是解題的關鍵處，要多注意喔。

🔘 單字と文法 🔘

□ 着る 穿上　　　　　　□ 寒い 寒冷　　　　　　□ ズボン【法 jupon】褲子

□ 出かける 出門　　　　□ スカート【skirt】裙子　□ コート【coat】大衣

□ 暖かい 溫暖的　　　　□ はく 穿〔下半身的衣物〕

解題關鍵と訣竅

【關鍵句】白いＴシャツの左の上に名前を書いてくださいね。

▸ 這一題問題關鍵在「どんな」（怎樣的），問的是Ｔ恤的圖案。

▸ 首先快速預覽這四張圖，知道對話內容的主題在「Ｔシャツ」（Ｔ恤）的圖案上，快速比較它們的差異，有「右の上」跟「左の上」，「絵、果物」跟「名前」，馬上反應日文的說法。首先掌握設問「明天學生們該帶什麼樣的Ｔ恤來」這一大方向。談話的中間，知道老師要的是左上方寫姓名的白Ｔ恤「白いＴシャツの左の上に名前を…」，馬上消去 2，接下來老師說「不可以帶印有圖案的Ｔ恤」，圖 3、4 也不對。答案是 1 了。

▸ 注意！這裡的左上角，是站在學生的角度說的。

▸ 如果說話的人是老師，通常會出現許多指令、說明、規定，要求學生做某事或禁止學生做某件事，所以要特別留意相關句型！

▸ 表示指令、說明、規定，要求的句型有：「～てください」（請…）、「～ていいです」（可以…）、「～はいけません」（不可以…）等等。

🔘 單字と文法 🔘

□Ｔシャツ【T-shirt】Ｔ恤　　□ 持つ 帶著　　　　　□ 名前 姓名

□ 授業 上課　　　　　　　　□ 左 左邊　　　　　　□ いけない 不能

□ スポーツ【sports】運動　　□ 絵 圖案

17 ばん 【答案跟解説：042 頁】　　　　答え：① ② ③ ④

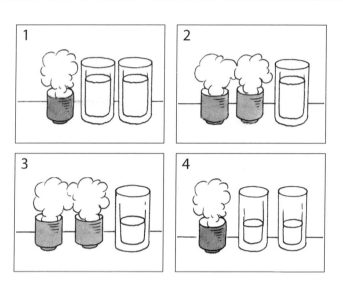

18 ばん 【答案跟解説：042 頁】　　　　答え：① ② ③ ④

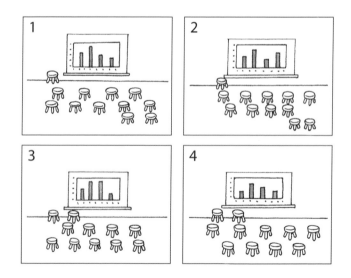

(1-19) 19 ばん　【答案跟解説：044 頁】　　　　答え：① ② ③ ④

1

2

3

4

(1-20) 20 ばん　【答案跟解説：044 頁】　　　　答え：① ② ③ ④

1
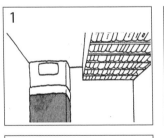

2
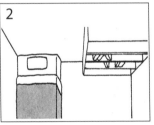

3

4
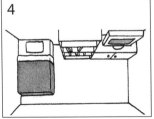

<ruby>女<rt>おんな</rt></ruby>の<ruby>人<rt>ひと</rt></ruby>が<ruby>話<rt>はな</rt></ruby>しています。<ruby>女<rt>おんな</rt></ruby>の<ruby>人<rt>ひと</rt></ruby>は<ruby>何<rt>なに</rt></ruby>をお<ruby>願<rt>ねが</rt></ruby>いしましたか。

Ｆ：すみません、<ruby>飲<rt>の</rt></ruby>み<ruby>物<rt>もの</rt></ruby>がほしいです。１<ruby>杯<rt>ぱい</rt></ruby>は<ruby>冷<rt>つめ</rt></ruby>たいお<ruby>水<rt>みず</rt></ruby>で、２<ruby>杯<rt>はい</rt></ruby>は<ruby>温<rt>あたた</rt></ruby>かい
　　お<ruby>茶<rt>ちゃ</rt></ruby>をお<ruby>願<rt>ねが</rt></ruby>いします。あ、お<ruby>水<rt>みず</rt></ruby>はコップに<ruby>半分<rt>はんぶん</rt></ruby>だけでいいです。

<ruby>女<rt>おんな</rt></ruby>の<ruby>人<rt>ひと</rt></ruby>は<ruby>何<rt>なに</rt></ruby>をお<ruby>願<rt>ねが</rt></ruby>いしましたか。

【譯】有位女士正在說話。請問這位女士點了哪些東西呢？
　　　Ｆ：不好意思，我想要喝點東西。麻煩給我一杯冷水、兩杯熱茶。對了，水只
　　　　　要半杯就可以了。
　　　請問這位女士點了哪些東西呢？

<ruby>会社<rt>かいしゃ</rt></ruby>で、<ruby>男<rt>おとこ</rt></ruby>の<ruby>人<rt>ひと</rt></ruby>が<ruby>話<rt>はな</rt></ruby>しています。いすはどうなりましたか。

Ｍ：きょうはお<ruby>客<rt>きゃく</rt></ruby>さんが９<ruby>人<rt>にん</rt></ruby><ruby>来<rt>き</rt></ruby>ます。お<ruby>客<rt>きゃく</rt></ruby>さんが<ruby>来<rt>く</rt></ruby>る<ruby>前<rt>まえ</rt></ruby>にいすを<ruby>並<rt>なら</rt></ruby>べましょ
　　う。<ruby>前<rt>まえ</rt></ruby>に５つ、<ruby>後<rt>うし</rt></ruby>ろに４つでいいでしょうね。わたしたち<ruby>二人<rt>ふたり</rt></ruby>は<ruby>前<rt>まえ</rt></ruby>に
　　<ruby>立<rt>た</rt></ruby>って<ruby>話<rt>はなし</rt></ruby>をしますので、<ruby>前<rt>まえ</rt></ruby>にもいすを２つ<ruby>置<rt>お</rt></ruby>きましょう。

いすはどうなりましたか。

【譯】有位男士正在公司裡說話。請問椅子是如何排列的呢？
　　　Ｍ：今天會有9位來賓來訪，在來賓來之前我們來排椅子吧。前面排5張，後面
　　　　　排4張，這樣應該可以吧。我們兩個會站在前面報告，所以在前面也放2張
　　　　　椅子吧。
　　　請問椅子是如何排列的呢？

解 題 關 鍵 と 訣 竅 --

【關鍵句】1杯は冷たいお水で、2杯は温かいお茶をお願いします。
お水はコップに半分だけでいいです。

▶ 先預覽這4個選項，腦中馬上反應出「コップ、温かい、冷たい、お茶、お水」的唸法。這道問題要問的是「女士點了哪些東西」，這道題有數量又有冷熱飲料稍有難度。

▶ 首先，女士直接說出了答案要的數量跟冷熱飲料「1杯は冷たいお水で、2杯は温かいお茶」（一杯冷水、兩杯熱茶），但不要急著選圖2，因為後面馬上有補上一句「お水はコップに半分だけでいいです」（水只要半杯就好）。正確答案是3。

▶ 「だけ」是「只…」的意思；「～でいいです」表示「…就可以了」。

▶ 日本的助數詞由於配上不同的數字，就會有不同的唸法。比如說：「杯」唸作「はい」，但是「1杯」卻唸作「いっぱい」，「3杯」唸成「さんばい」，這種特殊唸法一定要多加練習。

● 單字と文法 ●--

□ お願いする 麻煩我要　　□ 飲み物 飲料　　□ 水 水　　□ 半分 一半

□ すみません 不好意思　　□ 冷たい 冰涼的　　□ 温かい 溫的　　□ だけ 只要

解 題 關 鍵 と 訣 竅 --

【關鍵句】前に5つ、後ろに4つでいいでしょうね。…、前にもいすを2つ置きましょう。

▶ 看到這道題的圖，馬上反應可能出現的場所詞「前、後ろ」，跟相關名詞「いす」（椅子）。緊抓「椅子是如何排列的」這個大方向，集中精神、冷靜往下聽。

▶ 用刪去法，首先聽出「前に5つ、後ろに4つ」（前面排5張，後面排4張），馬上就可以刪去圖1和圖3。繼續往下聽知道「前にもいすを2つ」（前面也放2張椅子），刪去圖2，正確答案是4。

▶ 「お客さんが来る前に…」中的「～前に」（在…前），前面要接動詞原形；「～ましょう」（…吧）表示邀請對方一起做某個行為。

▶ 「いす」跟「席」的不同在：「いす」一般指有靠背、有的還有扶手的坐具；「席」指為了讓人坐而設置的位子或椅子，特別是特定的人坐的位子或椅子。

● 單字と文法 ●--

□ 会社 公司　　□ 並べる 排列　　□ 5つ 五張　　□ 立つ 站立

□ いす 椅子　　□ ましょう …吧　　□ 後ろ 後方　　□ 置く 放置

_{おんな} _{ひと} _{はな} _{けさ} _{おんな} _{ひと} _の
女の人が話しています。今朝、女の人はどんなコーヒーを飲みましたか。

F：わたしは毎朝、コーヒーに砂糖と牛乳を入れて飲みます。いつもは砂糖
　　はスプーン1杯だけ入れますが、今朝は牛乳がありませんでしたので、
　　砂糖をスプーン2杯入れました。

今朝、女の人はどんなコーヒーを飲みましたか。

【譯】有位女士正在說話。請問這位女士今天早上喝了什麼樣的咖啡呢？
　　　F：我每天早上都會在咖啡裡加入砂糖和牛奶飲用。平時都是只加一匙砂糖，
　　　　　不過今天早上沒有牛奶，所以加了兩匙砂糖。
　　　請問這位女士今天早上喝了什麼樣的咖啡呢？

_{おとこ} _{ひと} _{はな} _{おとこ} _{ひと} _へ _や
男の人が話しています。男の人の部屋はどれですか。

M：ことしから一人でアパートに住んでいます。部屋にはベッドと本棚はあ
　　りますが、テレビはありません。まだ本棚には本があまり入っていませ
　　んが、毎週2冊ぐらい本を買うので、もっと大きい本棚がほしいです。

男の人の部屋はどれですか。

【譯】有位男士正在說話。請問這位男士的房間是哪一個呢？
　　　M：從今年起，我一個人住在公寓裡。我的房間裡有床鋪和書櫃，但是沒有電視
　　　　　機。書架上雖然沒有幾本書，但是我計畫每星期買2本左右，所以想要一個
　　　　　更大的書櫃。
　　　請問這位男士的房間是哪一個呢？

解題關鍵と訣竅

【關鍵句】今朝は牛乳がありませんでしたので、砂糖をスプーン2杯入れました。

▶ 首先，預覽這四張圖，判斷對話中出現的應該會有「コーヒー、砂糖、牛乳、スプーン」。同樣地，要立即想出相對應的日文。

▶ 這道題要問的是「女士今天早上喝了什麼樣的咖啡」，既然提到「今朝」（今天早上），那麼勢必會出現其他的時間點來進行干擾。

▶ 果然，這一段話中女士先提到「每朝」（每天早上），「咖啡裡加入砂糖和牛奶飲用」，並補充說「只加一匙砂糖」這是「いつも」（平常）的習慣，都是陷阱，要集中精神聽準「今朝」喝的。接下來就說出答案了，由於「今朝」沒有牛奶，所以喝的咖啡是「砂糖をスプーン2杯入れました」（加了兩匙砂糖）。正確答案是1。

說法百百種詳見 »» P081-5

單字と文法

□ コーヒー【coffee ／荷 koffee】咖啡
□ 每朝 每天早上
□ に（到達點＋に）表示動作移動的到達點
□ 砂糖 砂糖
□ 牛乳 牛奶
□ スプーン【spoon】湯匙
□ 1杯 一匙
□ が 但是

解題關鍵と訣竅

【關鍵句】部屋にはベッドと本棚はありますが、テレビはありません。
　　　　　まだ本棚には本があまり入っていません。

▶ 預覽這四張圖，馬上反應可能出現的名詞「ベッド、本棚、テレビ、本」。緊抓「部屋はどれですか」（房間是哪一個呢）這個大方向，集中精神往下聽。聽到無法確定三個以上的事物中是哪一個的「どれ」（哪個），知道選項當中一定會有其他類似的項目來干擾考生。

▶ 這一題也是一樣用刪去法，首先聽出「ベッドと本棚はありますが、テレビはありません」（有床鋪和書櫃，但是沒有電視機），馬上就可以刪去有電視的圖3和圖4。繼續往下聽知道「本棚には本があまり入っていません」（書架上沒有幾本書），刪去圖1，正確答案是2。

▶「あまり～ません」表示數量不是很多或程度不是很高。

單字と文法

□ 部屋 房間
□ どれ 哪一個
□ アパート【apartment house 的略稱】公寓
□ ベッド【bed】床鋪
□ 本棚 書架
□ テレビ【television 的略稱】電視
□ 入る 放入
□ がほしい 想要…

翻譯與題解　もんだい ❶　もんだい 2　もんだい 3　もんだい 4

（1-22）22 ばん【答案跟解説：048 頁】 答え：① ② ③ ④

女の子

ゆうた

いちろう

たろう

1-23 **23 ばん**　【答案跟解説：050 頁】　　　答え：① ② ③ ④

1	2
	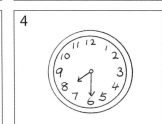
3	4
	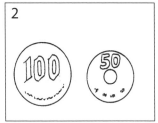

1-24 **24 ばん**　【答案跟解説：050 頁】　　　答え：① ② ③ ④

1	2
	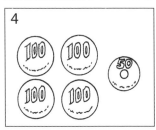
3	4

<ruby>女<rt>おんな</rt></ruby>の<ruby>人<rt>ひと</rt></ruby>が<ruby>話<rt>はな</rt></ruby>しています。きのう、<ruby>女<rt>おんな</rt></ruby>の<ruby>人<rt>ひと</rt></ruby>が<ruby>会<rt>あ</rt></ruby>った<ruby>先生<rt>せんせい</rt></ruby>はどの<ruby>人<rt>ひと</rt></ruby>ですか。

F：きのうのパーティーには、<ruby>中学校<rt>ちゅうがっこう</rt></ruby>のときの<ruby>先生<rt>せんせい</rt></ruby>も<ruby>来<rt>き</rt></ruby>ました。<ruby>先生<rt>せんせい</rt></ruby>はことし70<ruby>歳<rt>さい</rt></ruby>ですが、とても<ruby>元気<rt>げんき</rt></ruby>でした。<ruby>学校<rt>がっこう</rt></ruby>で<ruby>教<rt>おし</rt></ruby>えていたときは、いつもズボンとTシャツでしたが、きのうは<ruby>背広<rt>せびろ</rt></ruby>を<ruby>着<rt>き</rt></ruby>ていました。

きのう、<ruby>女<rt>おんな</rt></ruby>の<ruby>人<rt>ひと</rt></ruby>が<ruby>会<rt>あ</rt></ruby>った<ruby>先生<rt>せんせい</rt></ruby>はどの<ruby>人<rt>ひと</rt></ruby>ですか。

【譯】有位女士正在說話。請問昨天這位女士遇到的老師是哪一位呢？

F：我中學時代的老師，昨天也出席了派對。老師今年70歲，但仍然精神奕奕。
老師當年在學校教書時，總是身穿長褲和T恤，不過他昨天穿的是西裝。

請問昨天這位女士遇到的老師是哪一位呢？

<ruby>学校<rt>がっこう</rt></ruby>で<ruby>女<rt>おんな</rt></ruby>の<ruby>子<rt>こ</rt></ruby>と<ruby>男<rt>おとこ</rt></ruby>の<ruby>子<rt>こ</rt></ruby>が<ruby>話<rt>はな</rt></ruby>しています。いちばん<ruby>速<rt>はや</rt></ruby>く<ruby>走<rt>はし</rt></ruby>る<ruby>人<rt>ひと</rt></ruby>はだれですか。

F：<ruby>雄太<rt>ゆうた</rt></ruby>くんと<ruby>一郎<rt>いちろう</rt></ruby>くんは、どちらが<ruby>速<rt>はや</rt></ruby>く<ruby>走<rt>はし</rt></ruby>りますか。

M：<ruby>雄太<rt>ゆうた</rt></ruby>くんのほうが<ruby>速<rt>はや</rt></ruby>いです。でも、<ruby>太郎<rt>たろう</rt></ruby>くんは<ruby>雄太<rt>ゆうた</rt></ruby>くんよりもっと<ruby>速<rt>はや</rt></ruby>く<ruby>走<rt>はし</rt></ruby>りますよ。

F：そうですか。

いちばん<ruby>速<rt>はや</rt></ruby>く<ruby>走<rt>はし</rt></ruby>る<ruby>人<rt>ひと</rt></ruby>はだれですか。

【譯】有個女孩正和男孩正在學校裡說話。請問跑得最快的是誰呢？

F：雄太和一郎誰跑得比較快呢？

M：雄太跑得比較快。不過，太郎又比雄太跑得更快。

F：真的喔？

請問跑得最快的是誰呢？

攻略的要點 對比句型「は〜が、は〜」的第二個「は」才是重點！

解題關鍵と訣竅

【關鍵句】きのうは背広を着ていました。

▸ 看到這張四圖，馬上反應是跟人物有關的，然後瞬間區別他們年齡、性別、穿戴上的不同。

▸ 這道題要問的是「昨天這位女士遇到的老師是哪一位呢」。一聽到老師今年「70歲」，馬上刪去年輕的圖 3。最後剩下 1、2 跟 4 的選項，請馬上區別出他們的不同就在性別跟穿著了，最後的關鍵在老師因為穿「背広」（西裝）所以知道是男性，正確答案是 2。至於「ズボン」跟「Ｔシャツ」是老師當年教書時的穿著，是答案前面預設的陷阱，要小心！

▸ 在這裡表示對比關係的「Ａは〜が、Ｂは〜」又出現了，看到這種句型，要記住「が」後面的內容通常就是重點。

▸ 「背広」指的是男性穿的西裝，一般用相同衣料做的上衣和褲子。正規的還帶背心。

說法百百種詳見 ▸▸ P081-6

單字と文法

□ 先生 老師　　　　　　　□ 歳 …歳　　　　　　　　□ 教える 教書

□ どの 哪一〔位〕　　　　□ 元気 很有精神　　　　　□ 背広 西裝

□ パーティー【party】派對　□ 学校 學校

攻略的要點 注意表示比較的句型！

解題關鍵と訣竅

【關鍵句】雄太くんのほうが速いです。でも、太郎くんは雄太くんよりもっと速く走りますよ。

▸ 這道題要問的是「跑得最快的是誰呢」。很明顯地，這是要考比較的問題了，解題訣竅在聽清比較相關的句型。

▸ 從一開始得知雄太跑得比一郎快之後，再加上「太郎くんは雄太くんよりもっと速く走りますよ」（太郎又比雄太跑得更快），判斷三人的跑步速度是「太郎 > 雄太 > 一郎」。跑得最快的是太郎了，正確答案是 4。

▸ 表示比較或程度的句型還有「〜より」（比起…）、「いちばん〜」（最…）等。

單字と文法

□ 女の子 女孩　　　　　　□ 走る 跑步　　　　　　　□ より 比〔某人〕更…

□ いちばん 最…　　　　　□ 誰 誰　　　　　　　　　□ もっと 更加地

□ 速い 快速的　　　　　　□ どちら 哪一位

おんな ひと おとこ ひと はな
女の人と男の人が話しています。きょうの夜、二人は何時ごろ会いますか。

F：きょうの夜、いっしょに映画を見に行きませんか。

M：いいですね。何時からですか。

F：8時からです。でも、先に晩ごはんを食べたいので、30分前に駅で会いませんか。

M：じゃ、そうしましょう。

きょうの夜、二人は何時ごろ会いますか。

【譯】有位女士正和男士在說話。請問這兩人今晚大概幾點碰面呢？

　　F：今天晚上要不要一起去看電影呢？

　　M：好啊。電影幾點開始？

　　F：8點開始。不過我想先吃晚餐，所以要不要提前30分鐘在車站碰面呢？

　　M：就這麼辦。

　　請問這兩人今晚大概幾點碰面呢？

きゃく みせ ひと はな きゃく か
スーパーでお客さんとお店の人が話しています。お客さんが買ったりんごは
ぜんぶ
全部でいくらですか。

F：きょうは果物が安いですね。きのうまではりんご一つ 120 円でしたよ。

M：はい、いらっしゃい。きょうはいつもより 30 円安いですよ。安いですが、甘くておいしいですよ。いかがですか。

F：じゃ、5つください。

お客さんが買ったりんごは全部でいくらですか。

【譯】有位顧客正在超市和店員說話。請問這位顧客總共付了多少錢買蘋果呢？

　　F：今天的水果真便宜呢，昨天一顆蘋果就要120圓了。

　　M：歡迎光臨。今天比平常還要便宜30圓唷。便宜雖便宜，但是又甜又好吃喔。您要不要買一些呢？

　　F：那麼，請給我5顆。

　　請問這位顧客總共付了多少錢買蘋果呢？

解題關鍵と訣竅

【關鍵句】8時からです。…、30分前に駅で会いませんか。

▶ 看到這一題的四個時間，馬上反應圖中「6:00、8:30（半）、8:00、7:30（半）」四個時間詞的唸法。這道題要問的是「兩人今晚大概幾點碰面」，緊記住這個大方向，然後馬上充分調動手、腦、邊聽邊刪除干擾項。

▶ 女士回答中只出現了 2 個時間詞，有「8時」、「30分前」。其中「8時」是電影開始時間，是干擾項，不是碰面的時間，可以邊聽邊把圖 3 打叉。而後面的「30分前」是間接說出了答案要的時間，也就是「8時」的「30分前」，加以計算一下，就是「7:30」了。最後，男士也同意說「じゃ、そうしましょう」（就這麼辦）。知道答案是 4 了。

▶「～に行きませんか」用來邀約對方一起去某個地方。

單字と文法

□ 今日 今天　　　　□ ごろ 大約…左右　　　□ から（時間點＋から）從…開始
□ 夜 晚上　　　　　□ 映画 電影　　　　　　□ 晚ご飯 晚餐
□ 何時 幾點　　　　□ 見に行く 去看…

解題關鍵と訣竅

【關鍵句】きょうはいつもより 30 円安いですよ。…。5 つください。

▶ 問價格的題型，有時候對話中幾乎沒有直接說出考試點的金額，所以要仔細聽清楚對話中的每個價錢，再經過加減乘除的運算，才能得出答案。

▶ 先預覽這 4 個選項，腦中馬上反應出「30 円、150 円、200 円、450 円」的唸法。

▶ 這一道題要問的是「顧客總共付了多少錢買蘋果」。關鍵詞「全部で」問的是「總共」的價錢；「いくら」這裡是指「多少錢」。這道題有價錢又有時間，稍有難度。

▶ 首先是女士確認的一個蘋果「120 円」，這是昨天之前的價錢，不要掉入陷阱了。接下來馬上被男士的今天「いつもより 30 円安い」（比平常還要便宜 30 圓）給修正了，馬上計算一下「120-30=90」。接下來女士決定「5 つください」（請給我 5 顆），再進一步計算結果是「90 × 5＝450」，知道答案是 4 了。

▶ 日本各大超市一到晚上七、八點左右，為了促進生鮮食品能快速更換，會對當天賣不完的生鮮產品進行打折優惠，有機會不妨去撿個便宜喔！

單字と文法

□ スーパー【supermarket 的略稱】超市　　□ 果物 水果　　　　　□ おいしい 美味的
　　　　　　　　　　　　　　　　　　　　□ いらっしゃい 歡迎光臨　□ いかが 如何
□ が 前接主語　　　　　　　　　　　　　　□ 甘い 香甜的　　　　　□ ください …請給我

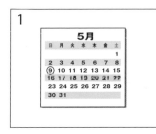

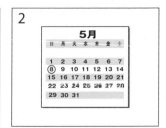

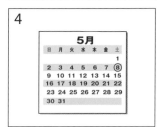

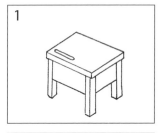

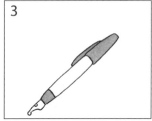

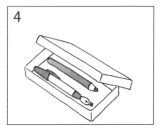

❨1-27❩ 27 ばん 【答案跟解説：056 頁】　　　　答え：① ② ③ ④

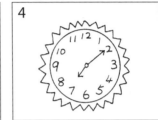

❨1-28❩ 28 ばん 【答案跟解説：056 頁】　　　　答え：① ② ③ ④

女の人と男の人が話しています。ゆきさんの誕生日はいつですか。

F：今月の9日は、ゆきさんの誕生日ですよ。

M：9日は土曜日ですか。

F：日曜日ですよ。お友だちみんなで、ゆきさんの家に遊びに行きます。いっしょに行きませんか。

ゆきさんの誕生日はいつですか。

【譯】有位女士正和男士在說話。請問由紀的生日是在哪一天呢？

　　F：這個月的9號是由紀的生日唷。

　　M：9號是星期六嗎？

　　F：是星期天喔。朋友們全都要去由紀家玩。你要不要也一起去呢？

　　請問由紀的生日是在哪一天呢？

会社で女の人と男の人が話しています。二人は何の話をしていますか。

F：これ、机の上に置いてありましたが、伊藤さんのですか。中には、万年筆や鉛筆などが入っています。

M：いいえ、違います。わたしは万年筆は使いません。

F：そうですか。じゃ、他の人のですね。

二人は何の話をしていますか。

【譯】有位女士正和男士在公司裡說話。請問他們正在討論什麼呢？

　　F：這東西放在桌上，是伊藤先生你的嗎？裡面放了些鋼筆和鉛筆之類的。

　　M：不，不是我的。我不用鋼筆的。

　　F：這樣啊。那這是其他人的吧？

　　請問他們正在討論什麼呢？

解題關鍵と訣竅

【關鍵句】今月の９日は、ゆきさんの誕生日ですよ。…。日曜日ですよ。

▶ 看到月曆，先預覽這４個選項，腦中馬上反應出「９日、８日、土曜日、日曜日」的唸法，如果不放心，也可以快速在月曆的「９日（ここのか）、８日（ようか）」上面標出唸法。然後馬上充分調動手、腦，區別４張圖的差異，並邊聽邊刪除干擾項。

▶ 這一道題要問的是「由紀的生日是在哪一天」，一聽到「いつ」（什麼時候），再配合選項的四張圖，知道這一題要考的是「幾號」和「星期幾」了。

▶ 首先是女士提出的「今月の９日」是由紀的生日，馬上除去圖２、４的「８日」。接下來男士問９號是「土曜日」嗎？馬上被女士的「日曜日ですよ」（是星期天喔）給否定了，知道由紀的生日是９號的星期天，正確答案是１。

單字と文法

- □ いつ 哪一天
- □ 今月 這個月
- □ ９日 九號〔日期〕
- □ 土曜日 星期六
- □ 友だち 朋友
- □ みんな 大家

解題關鍵と訣竅

【關鍵句】中には、万年筆や鉛筆などが入っています。

▶ 這道題要問的是「他們正在討論什麼」。首先，預覽這四張圖，判斷對話中出現的東西應該會有「机、辞書、万年筆、鉛筆を入れる箱」。同樣地，對話還沒開始前，要立即想出這四樣東西相的日文。從一開始的對話中女士提到「中には、万年筆や鉛筆などが入っています」（裡面放了些鋼筆和鉛筆之類的），這句話，沒有直接說出考點的物品，必須經過判斷放鋼筆和鉛筆的東西是鉛筆盒。才能得出答案是４。至於其它的都是干擾項，要能隨著對話，一一消去。

▶「万年筆は使いません」裡的「は」是對比用法，暗示自己雖然不用鋼筆，但會使用原子筆等其他的書寫道具。

▶ 句型「〜てありました」前接他動詞，表示人為動作結束後，動作的結果還存在著。語意是「我雖然沒親眼看見，但是這個東西之所以出現，是因為有人擺放，我看到的時候它已經放在這裡了」。

單字と文法

- □ 机 書桌、辦公桌
- □ てある …著〔動作結果的存在〕
- □ 万年筆 鋼筆
- □ 鉛筆 鉛筆
- □ など …等等
- □ 違う 不是
- □ 使う 使用
- □ 他 其他

ホテルの前で、男の人が大勢の人に話しています。この人たちは何時に食堂の前に来ますか。

M：皆さん、ホテルに着きましたよ。今、6時30分です。今から、部屋で少し休んでください。晩ごはんは7時からですので、10分前に1階の食堂の前に来てください。

この人たちは何時に食堂の前に来ますか。

【譯】有位男士正在飯店前向眾人說話。請問這些人幾點要到食堂前呢？

　　M：各位，我們抵達飯店囉。現在是6點30分，現在請先到房間稍作休息。晚餐7點開飯，請提前10分鐘到1樓的食堂前面集合。

　　請問這些人幾點要到食堂前呢？

レストランで男の人と店の人が話しています。男の人は何を頼みましたか。

M：サンドイッチを1つください。

F：卵のサンドイッチと野菜のサンドイッチがあります。どちらがいいですか。

M：卵のサンドイッチをお願いします。

F：飲み物は紅茶とコーヒーのどちらがいいですか。

M：コーヒーをお願いします。

男の人は何を頼みましたか。

【譯】有位男士正和餐廳的員工在說話。請問這位男士點了什麼呢？

　　M：請給我1個三明治。

　　F：有雞蛋三明治和蔬菜三明治，請問要哪一種呢？

　　M：麻煩給我雞蛋三明治。

　　F：飲料的話要喝紅茶還是咖啡呢？

　　M：我要咖啡。

　　請問這位男士點了什麼呢？

攻略的要點 用「時間＋前」來推算正確時間！

解題關鍵と訣竅

【關鍵句】晩ごはんは7時からですので、10分前に…来てください。

▶ 看到這一題的四個時間，馬上反應圖中「6:30（半）、6:50、7:00、7:10」四個時間詞的唸法。這道題要問的是「這些人幾點要到食堂前」，緊記住這個大方向，然後馬上充分調動手、腦、邊聽邊刪除干擾項。

▶ 男士這段話出現了3個時間詞，有「6時30分」、「7時」跟「10分前」。其中「6時30分」是現在的時間，「7時」是晚餐開飯時間，都是干擾項，不是到食堂前的時間，可以邊聽邊把圖1、3打叉。而後面的「10分前」是間接說出了答案要的時間，也就是「7時」的「10分前」，加以計算一下，7點提早10分鐘就是6點50分了。答案是2。

▶ 「～から」前接時間相關詞，就表示「從…開始」。

▶ 日本飯店總有各式各樣讓人印象深刻的服務，像是每間房派一位懂外語的專門服務女招待，一流的窗景讓大自然宛如房間的一景等，有些飯店甚至設有藝廊供客人免費參觀。

單字と文法

□ ホテル【hotel】飯店　　　　□ 来る 來　　　　　　　□ 休む 休息
□ に（對象＋に）對…做某事　　□ 今から 從現在開始　　□ 階 …樓
□ 食堂 附設餐廳　　　　　　　□ で（場所＋で）在…

攻略的要點 注意點菜用語「～をお願いします」！

解題關鍵と訣竅

【關鍵句】卵のサンドイッチをお願いします。
　　　　　コーヒーをお願いします。

▶ 先預覽這4個選項，腦中迅速比較它們的差異，有「卵のサンドイッチ」跟「野菜のサンドイッチ」，「紅茶」跟「コーヒー」。

▶ 首先掌握設問「男士點了什麼」這一大方向。「何を頼みましたか」、「何を注文しましたか」等點菜相關的題型，要仔細聽清楚料理的名稱及數量，甚至是其他的特殊要求。

▶ 一開始知道男士要的是「サンドイッチ」再補充是「卵」的，可以馬上消去圖2、4。接下來女士問飲料要喝紅茶還是咖啡呢？男士，選擇了「コーヒー」。知道答案是3了。

▶ 「どちらがいいですか」（請問要哪一個）用來請對方在兩件事物當中選出一個。

▶ 點菜時顧客常用的句型還有：「～をください」（給我…）、「～がいいです」（我要…）、「～でいいです」（…就好）等，這些都要熟記清楚喔！

單字と文法

□ 頼む 點餐　　　　　　　　　　□ 卵 雞蛋　　　　　　□ どちら 哪個
□ サンドイッチ【sandwich】三明治　□ 野菜 蔬菜　　　　　□ 紅茶 紅茶
□ 一つ 一個　　　　　　　　　　□ がある 有…

1-29 **29 ばん** 【答案跟解説：060 頁】　　　　答え：① ② ③ ④

1

2
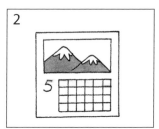

3

4

1-30 **30 ばん** 【答案跟解説：060 頁】　　　　答え：① ② ③ ④

1

2

3

4

(1-31) 31 ばん 【答案跟解説：062 頁】　　　答え：① ② ③ ④

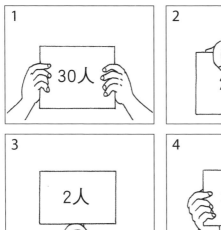

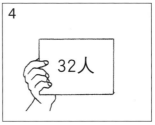

(1-32) 32 ばん 【答案跟解説：062 頁】　　　答え：① ② ③ ④

店で、男の子と女の子が話しています。男の子がほしいカレンダーはどれですか。

M：このカレンダー、山の写真がきれいですね。家の壁にかけたいです。

F：わたしはこの机の上に置く小さいのがほしいです。

M：じゃあ、これとこれを買いましょう。

男の子がほしいカレンダーはどれですか。

【譯】有個男孩正和女孩在店裡說話。請問這個男孩想要的月曆是哪一個呢？

　　　M：這個月曆的山景照很漂亮耶。我想拿來掛在家裡的牆壁上。

　　　F：我想要這個可以放在桌上的小桌曆。

　　　M：那麼，我們就買這個和這個吧。

　　　請問這個男孩想要的月曆是哪一個呢？

道で男の人と女の人が話しています。3人はこのあとどうしましたか。

M：ぼくと山田くんはタクシーで駅まで行きますが、伊藤さんもいっしょにどうですか。

F：ありがとうございます。でも大丈夫です。わたしはバスで帰ります。

M：そうですか。じゃあ、山田くん、行きましょう。またあした。

3人はこのあとどうしましたか。

【譯】有位男士正和女士在路上說話。請問他們3人之後做了什麼呢？

　　　M：我和山田要搭計程車到車站，伊藤小姐要不要一起搭車呢？

　　　F：謝謝你，不過不用了。我搭公車回家。

　　　M：這樣呀。那麼，山田，我們走吧。明天見囉。

　　　請問他們3人之後做了什麼呢？

解題關鍵と訣竅

【關鍵句】このカレンダー、山の写真がきれいですね。家の壁にかけたいです。

▶ 首先快速預覽這四張圖，立即比較它們的差異。對話一開始馬上掌握設問是「男孩想要的月曆是哪一個」這一大方向。一開始聽到男孩要的是「山の写真がきれい」（山景照很漂亮）的「カレンダー」（月曆），暗示圖1、圖4的桌上型桌曆是不對的。接下來的「可以放在桌上的小桌曆」是女孩要的，可以確定消去1跟4。至於圖3是「ポスター」（海報），也不正確。答案是2。

▶ 最後男孩說「我們就買這個和這個吧」，兩個「これ」指的是有山景照的月曆，以及女孩想要的「放在桌上的小桌曆」。

▶ 「～がほしいです」（我想要…）前接名詞，表示說話者的欲望，只能用在第一人稱。如果要表示第三人稱的欲望，要用「～がほしがっています」（他想要…）。

單字と文法

□ カレンダー【calendar】月曆　□ 壁 牆壁　□ これ 這個
□ 山 山　□ かける 懸掛　□ を（を＋他動詞）接人為的動作
□ 写真 照片　□ 小さい 小巧的

解題關鍵と訣竅

【關鍵句】ぼくと山田くんはタクシーで…。
わたしはバスで帰ります。

▶ 從圖片可以得知這一題要考的是3人各自的交通方式。

▶ 預覽這四張圖，瞬間區別它們的差異，腦中並馬上閃現相關單字：「タクシー、バス、電車」、「三人、女の人、男の人」。

▶ 從「我和山田要搭計程車到車站，伊藤小姐要不要一起搭車呢」，這句可以得知兩位男士要搭乘計程車。

▶ 而面對詢問，伊藤小姐回答「ありがとうございます。でも大丈夫です」，不要被這「ありがとうございます」給騙了，下面的「大丈夫です」是拒絕別人的委婉說法，從「バスで帰ります」可以得知伊藤小姐要搭公車。正確答案是1。

▶ 委婉地拒絕別人的說法也可以用「いいです」（不需要）及「結構です」（不用）。

單字と文法

□ 道 路上　□ ありがとうございます 謝謝　□ じゃあ 那麼
□ ぼく 我〔少年用語〕　□ 大丈夫 沒問題的　□ またあした 明天見
□ タクシー【taxi】計程車　□ で（方法、手段＋で）乘坐…

学校で先生と生徒が話しています。今、教室に生徒は何人いますか。

F：伊藤くん、30人、みんないますか。

M：5分前までみんないましたが、二人トイレに行きました。

F：そうですか。じゃあ、帰ってくるまで待ちましょう。

今、教室に生徒は何人いますか。

【譯】有位老師正和學生們在學校裡說話。請問現在教室裡有幾個學生呢？

　　　F：伊藤同學，30人都到齊了嗎？

　　　M：5分鐘前原本全部到齊了，可是有兩個人去上廁所了。

　　　F：這樣呀。那麼，等他們回來吧。

　　　請問現在教室裡有幾個學生呢？

女の人と男の人が話しています。男の人の家に、今、猫は全部で何匹いますか。

F：猫が生まれたと聞きました。何匹生まれましたか。

M：父猫と同じ白の子猫が3匹と、母猫と同じ黒の子猫が2匹です。みんなとても元気です。

F：そうですか。よかったですね。

男の人の家に、今、猫は全部で何匹いますか。

【譯】有位女士正和男士在說話。請問這位男士的家裡，現在總共有幾隻貓呢？

　　　F：我聽說你們家的貓生了小貓咪，生了幾隻呢？

　　　M：有3隻和貓爸爸一樣的白色小貓，還有2隻和貓媽媽一樣的黑色小貓。每一隻都很活潑健康。

　　　F：這樣呀。真是太好了呢。

　　　請問這位男士的家裡，現在總共有幾隻貓呢？

攻略的要點 注意人員進出狀況！

翻譯與題解

もんだい

❶

もんだい

2

もんだい

3

もんだい

4

解題關鍵と訣竅

【關鍵句】5分前までみんないましたが、二人トイレに行きました。

- ▶ 先預覽這４個選項，腦中馬上反應出「30人、28人、2人、32人」的唸法，如果不放心，也可以在唸法特殊的「2人（ふたり）」上面標出讀法。

- ▶ 這一道題要問的是「現在教室裡有幾個學生」。「現在有幾個人」這類題型通常會以人員的進出、來去之方式變動人數，必須聽準對話中的數字，並快速進行加減乘除的計算。

- ▶ 首先是女老師詢問「30人、みんないますか」，知道教室裡本來共有 30 人。但馬上被男同學的「二人トイレに行きました」（2 個人去上廁所了）給修正了，所以現在教室裡的人數應該是「30-2=28」人。正確答案是 2。

- ▶ 「一人」（ひとり）、「二人」（ふたり）是計算人數的特殊唸法，平時就要多加練習。而從第三人開始的唸法是「數字＋人（にん）」，例如「3 人」（さんにん）。

單字と文法

- □ 話す 說話
- □ に（場所＋に）存在…
- □ 帰ってくる 回來
- □ ている 正在…
- □ 何人 多少人
- □ 待つ 等待
- □ 教室 教室
- □ いる 表＜生命體＞在，有

解題關鍵と訣竅

【關鍵句】父猫と同じ白の子猫が３匹と、母猫と同じ黒の子猫が２匹です。

- ▶ 首先快速預覽這四張圖，知道對話內容的主題在「猫」（貓）上，立即比較它們的差異，有「白い」跟「黒い」，還有「1 匹（いっぴき）、2 匹（さんひき）、3 匹（さんびき）、4 匹（さんひき）」。仔細聽數字再進行加減及判斷才是解題的要訣。

- ▶ 首先掌握設問「男士的家裡，現在總共有幾隻貓」這一大方向。「全部で」（總共）是關鍵處。

- ▶ 一開始男士的回答，很容易只聽到「白の子猫が３匹」，以及「黒の子猫が２匹」，這是出生的貓咪，不是問題要的「總共」數字，是一個大陷阱。必須要經過判斷，知道暗藏的數字還有「父猫と同じ白」（和貓爸爸一樣的白色）跟「母猫と同じ黒」（和貓媽媽一樣的黑色），也就是「1 白貓爸爸＋ 3 白小貓」＋「1 黑貓媽媽＋ 2 黑小貓」。正確答案是 3。

- ▶ 計算貓的助數詞是「匹」（ひき）。其中，1 匹（いっぴき）、3 匹（さんびき）、6 匹（ろっぴき）、8 匹（はっぴき／はちひき）、10 匹（じっぴき）、何匹（なんびき）都是特殊的唸法，要多加練習喔！

單字と文法

- □ 家 家
- □ 何匹 幾隻
- □ 聞く 聽說
- □ 黒 黑色
- □ 猫 貓咪
- □ 生まれる 出生
- □ 白 白色
- □ よかった 太好了

(1-35) 35 ばん　【答案跟解説：068 頁】　　　　答え：① ② ③ ④

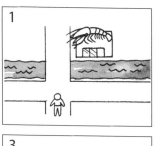 

(1-36) 36 ばん　【答案跟解説：068 頁】　　　　答え：① ② ③ ④

<ruby>女<rt>おんな</rt></ruby>の<ruby>人<rt>ひと</rt></ruby>と<ruby>男<rt>おとこ</rt></ruby>の<ruby>人<rt>ひと</rt></ruby>が<ruby>話<rt>はな</rt></ruby>しています。<ruby>男<rt>おとこ</rt></ruby>の<ruby>人<rt>ひと</rt></ruby>は<ruby>家<rt>いえ</rt></ruby>に<ruby>帰<rt>かえ</rt></ruby>ったあと、<ruby>初<rt>はじ</rt></ruby>めに<ruby>何<rt>なに</rt></ruby>をしますか。

F：<ruby>家<rt>いえ</rt></ruby>に<ruby>帰<rt>かえ</rt></ruby>ったあと、<ruby>何<rt>なに</rt></ruby>をしますか。

M：きょうは<ruby>暑<rt>あつ</rt></ruby>かったから、すぐにシャワーを<ruby>浴<rt>あ</rt></ruby>びます。

F：<ruby>晩<rt>ばん</rt></ruby>ごはんはいつ<ruby>食<rt>た</rt></ruby>べますか。

M：シャワーを<ruby>浴<rt>あ</rt></ruby>びたあとで<ruby>食<rt>た</rt></ruby>べます。

<ruby>男<rt>おとこ</rt></ruby>の<ruby>人<rt>ひと</rt></ruby>は<ruby>家<rt>いえ</rt></ruby>に<ruby>帰<rt>かえ</rt></ruby>ったあと、<ruby>初<rt>はじ</rt></ruby>めに<ruby>何<rt>なに</rt></ruby>をしますか。

【譯】有位女士正和男士在說話。請問這位男士回到家後，首先要做什麼呢？

　　F：你回家要做什麼？

　　M：今天很熱，所以我一到家就要去沖澡。

　　F：晚餐什麼時候吃呢？

　　M：沖完澡再吃。

　　請問這位男士回到家後，首先要做什麼呢？

<ruby>病院<rt>びょういん</rt></ruby>で、<ruby>医者<rt>いしゃ</rt></ruby>と<ruby>女<rt>おんな</rt></ruby>の<ruby>人<rt>ひと</rt></ruby>が<ruby>話<rt>はな</rt></ruby>しています。きょう、<ruby>女<rt>おんな</rt></ruby>の<ruby>人<rt>ひと</rt></ruby>はどうですか。

M：まだ<ruby>熱<rt>ねつ</rt></ruby>がありますか。

F：もうないです。<ruby>朝<rt>あさ</rt></ruby>ごはんもたくさん<ruby>食<rt>た</rt></ruby>べました。

M：それはよかったです。でも、まだスポーツはしないでくださいね。

F：はい、わかりました。

きょう、<ruby>女<rt>おんな</rt></ruby>の<ruby>人<rt>ひと</rt></ruby>はどうですか。

【譯】有位女士正和醫生在醫院裡說話。請問這位女士今天的狀況如何呢？

　　M：還持續發燒嗎？

　　F：已經退燒了。今天早餐也吃了很多。

　　M：那真是太好了。不過，現在還不能做運動喔。

　　F：好的，我知道了。

　　請問這位女士今天的狀況如何呢？

解 題 關 鍵 と 訣 竅

【關鍵句】すぐにシャワーを浴びます。

▶ 這一題解題關鍵在事情先後順序的句型。提問是回家後男士「首先要做什麼」。

▶ 預覽這四張圖，瞬間區別它們的差異，腦中並馬上閃現相關單字：「お風呂に入る、シャワーを浴びる、ご飯を食べる、寝る」。

▶ 對話中男士說一回到家「すぐにシャワーを浴びます」（馬上洗澡）。至於，吃飯時間是「シャワーを浴びたあとで食べます」（沖完澡再吃），要聽懂句型「あとで」（先～再～）就知道這是陷阱動作，不正確。正確答案是 2。

▶ 至於圖 1 是「お風呂に入る」（泡澡），不正確。日本人習慣先淋浴把身體洗乾淨後再泡澡，和台灣人只是單純淋浴（シャワーを浴びる）的洗澡習慣不同，要注意不要搞錯了！

▶ 「動詞た形＋あとで」表示做完前面的動作後，再做下一件事情，因為前面的動作已經「結束了」，所以「あと」的前面要接動詞た形（動詞過去式）。

說法百百種詳見 ≫ P082-7

單字と文法

□ 家に帰る 回家　　　　□ 暑い 很熱　　　　□ 浴びる 受…沖洗
□ 初めに 一開始　　　　□ から 因為…　　　　□ いつ 何時
□ 何をするか 做什麼？　□ シャワー【shower】沖澡

解 題 關 鍵 と 訣 竅

【關鍵句】朝ごはんもたくさん食べました。

▶ 這裡的「どう」（怎麼樣）問的是身體的狀況，所以要仔細聆聽敘述。

▶ 這一題可以用刪去法作答，一開始醫生詢問「還持續發燒嗎」，被病人否定掉說「（熱は）もうないです」，可以把圖 1 刪去，「もう」後面接否定表現，表示某種狀態已經沒有了。

▶ 接著病人說「朝ごはんもたくさん食べました」（今天早餐也吃了很多），代表她有食欲，可以刪去圖 3；最後還有一個關鍵要聽準，醫生說「まだスポーツはしないでくださいね」（現在還不能做運動喔），還不能運動，馬上刪去圖 2。正確答案是 4。

▶ 「まだ」後面接否定表現，表示「還不能…」；「～ないでください」表示請對方別做某件事情，句尾的「ね」含有關心、婉轉的語氣。如果只說「しないでください」就含有強烈地命令對方的口氣，加「ね」聽起來就委婉許多了。

單字と文法

□ 病院 醫院　　　　□ まだ 還，尚…　　　　□ ～は～ない 表否定
□ 医者 醫生　　　　□ 熱がある 發燒　　　　□ 分かりました 我明白了
□ どう 情況如何　　□ 朝ごはん 早餐

<ruby>女<rt>おんな</rt></ruby>の<ruby>人<rt>ひと</rt></ruby>と<ruby>男<rt>おとこ</rt></ruby>の<ruby>人<rt>ひと</rt></ruby>が<ruby>話<rt>はな</rt></ruby>しています。レストランはどこにありますか。

F：すみません、この<ruby>近<rt>ちか</rt></ruby>くに<ruby>有名<rt>ゆうめい</rt></ruby>なレストランがありますか。

M：ええ、ありますよ。この<ruby>先<rt>さき</rt></ruby>の<ruby>川<rt>かわ</rt></ruby>を<ruby>渡<rt>わた</rt></ruby>ったところです。<ruby>道<rt>みち</rt></ruby>の<ruby>左<rt>ひだり</rt></ruby>にありますよ。

F：ありがとうございます。

レストランはどこにありますか。

【譯】有位女士正和男士在說話。請問餐廳位於哪裡呢？
　　F：不好意思，請問這附近有知名的餐廳嗎？
　　M：嗯，有的。就在往前過了河的地方，在馬路的左邊。
　　F：謝謝。
　　請問餐廳位於哪裡呢？

<ruby>会社<rt>かいしゃ</rt></ruby>で<ruby>女<rt>おんな</rt></ruby>の<ruby>人<rt>ひと</rt></ruby>と<ruby>男<rt>おとこ</rt></ruby>の<ruby>人<rt>ひと</rt></ruby>が<ruby>話<rt>はな</rt></ruby>しています。きょう、<ruby>男<rt>おとこ</rt></ruby>の<ruby>人<rt>ひと</rt></ruby>はどこで<ruby>朝<rt>あさ</rt></ruby>ごはんを<ruby>食<rt>た</rt></ruby>べましたか。

F：そのパン、<ruby>朝<rt>あさ</rt></ruby>ごはんですか。

M：ええ。きょうは、<ruby>家<rt>いえ</rt></ruby>でごはんを<ruby>食<rt>た</rt></ruby>べる<ruby>時間<rt>じかん</rt></ruby>がありませんでした。<ruby>会社<rt>かいしゃ</rt></ruby>に<ruby>来<rt>く</rt></ruby>る<ruby>前<rt>まえ</rt></ruby>に、<ruby>駅<rt>えき</rt></ruby>の<ruby>近<rt>ちか</rt></ruby>くの<ruby>喫茶店<rt>きっさてん</rt></ruby>に<ruby>行<rt>い</rt></ruby>きましたが、<ruby>人<rt>ひと</rt></ruby>がたくさんいましたので、パン<ruby>屋<rt>や</rt></ruby>で<ruby>買<rt>か</rt></ruby>ってきました。

F：そうですか。

きょう、<ruby>男<rt>おとこ</rt></ruby>の<ruby>人<rt>ひと</rt></ruby>はどこで<ruby>朝<rt>あさ</rt></ruby>ごはんを<ruby>食<rt>た</rt></ruby>べましたか。

【譯】有位男士正和女士在公司裡說話。請問今天這位男士在哪裡吃早餐呢？
　　F：那個麵包是你的早餐嗎？
　　M：是啊。我今天來不及在家裡吃早餐。來公司之前去了車站附近的咖啡廳，可
　　　　是裡面擠滿人了，所以我在麵包店買了它。
　　F：這樣啊。
　　請問今天這位男士在哪裡吃早餐呢？

翻譯與題解

解題關鍵と訣竅

【關鍵句】この先の川を渡ったところです。道の左にありますよ。

▶ 這是道測試位置的試題。首先，快速瀏覽這張圖，知道對話內容的主題在「レストラン」（餐廳）的位置上，立即區別不同的地方。這道題要問的是「餐廳位於哪裡呢」。知道方向了，集中精神往下聽，注意引導目標。

▶ 首先是「この先の川を渡ったところ」（在往前過了河的地方），接下來是「道の左にあります」（在馬路的左邊），答案是2。

▶ 詢問場所位置的題型，解題關鍵在熟記地理位置常用單字「角、橋、交差点」，及留意有指標性的建築物。除此之外，還要仔細聽出方向詞「まっすぐ、右、左、向こう、後ろ、前…」、路線相關詞「1つ目、次…」，和動詞「行く、歩く、渡る、曲がる」等等。

▶ 在日本如果迷路時，可以到附近的派出所詢問警察。派出所裡一般會有附近詳細的地圖，警察也會親切地告訴你如何到達目的地。

說法百百種詳見 ≫ P082-8

● 單字と文法 ●

□ どこにあるか 在哪裡？　　□ 近く 附近　　□ 先 前方　　□ 渡る 渡過

□ すみません 不好意思　　□ ええ 嗯　　□ 川 河川　　□ ところ 地方

解題關鍵と訣竅

【關鍵句】そのパン、朝ごはんですか。
　　　　　パン屋で買ってきました。

▶ 快速瀏覽這四張圖，然後腦中馬上出現「会社、家、喫茶店、パン屋」等單字。這道題要問的是「男士在哪裡吃早餐呢」，知道方向了，集中精神往下聽。

▶ 首先在辦公室裡，女同事問這男同事「そのパン、朝ごはんですか」（那個麵包是你的早餐嗎），男士先回答沒錯，接下來說的：在「家」來不及吃早餐，進公司前去了車站附近的「喫茶店」，但因為擠滿了人，所以都是陷阱不是男士吃早餐的地方。

▶ 這段話最後的「パン屋で買ってきました」（我在麵包店買了它），跟前面的「そのパン、朝ごはんですか」前後呼應，知道吃早餐的地點就在公司，「パン屋」也是不正確的，答案是1。

▶ 日本人對時間有一個獨特的觀念，那就是不能因為一個人的遲到，而給其他人造成麻煩。特別是上班、開會跟聚會時，更是守時絕不遲到。

● 單字と文法 ●

□ どこ 哪裡　　□ ごはんを食べる 用餐，吃飯　　□ 喫茶店 咖啡廳

□ その 那個，指離聽話者　□ 時間 時間　　□ パン屋 麵包店
　近的事物

□ パン【葡 pão】麵包

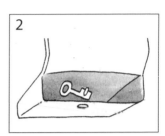

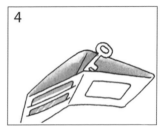

1-39 **39 ばん** 【答案跟解説：074 頁】　　　答え：① ② ③ ④

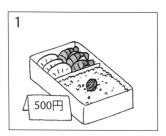
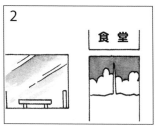

1-40 **40 ばん** 【答案跟解説：074 頁】　　　答え：① ② ③ ④

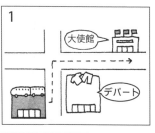
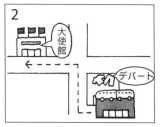
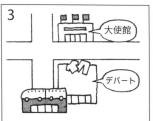
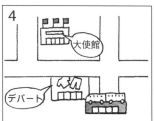

家の前で、女の人と男の人が話しています。かぎはどこにありましたか。

F：どうしましたか。

M：家のかぎをなくしました。かばんの中にもポケットの中にもありません。

F：財布の中にはありませんか。

M：あ、ありました。ありがとうございます。

かぎはどこにありましたか。

【譯】有位女士正和男士正在家裡說話。請問鑰匙放在哪裡呢？
　　F：怎麼了？
　　M：家裡的鑰匙不見了。不在公事包也沒在口袋裡。
　　F：會不會在皮夾裡面呢？
　　M：喔，找到了！謝謝。
　　請問鑰匙放在哪裡呢？

家で、女の人と男の人が話しています。男の人はどんな飲み物を飲みますか。

F：紅茶かコーヒーはいかがですか。

M：紅茶をお願いします。

F：冷たいのと温かいの、どちらがいいですか。

M：きょうは暑かったから、冷たいのをお願いします。

男の人はどんな飲み物を飲みますか。

【譯】有位女士和男士正在家裡說話。請問這位男士要喝什麼飲料呢？
　　F：要不要喝紅茶或咖啡呢？
　　M：麻煩給我紅茶。
　　F：要喝冰的還是熱的呢？
　　M：今天天氣很熱，所以請給我冰的。
　　請問這位男士要喝什麼飲料呢？

解題關鍵と訣竅

【關鍵句】財布の中にはありませんか。

　　　　 あ、ありました。

▶ 「どこ」（哪裡）用來詢問場所位置，對話裡會出現好幾個場所讓你混淆，別因此遺漏真正重要的資訊喔！

▶ 這道題要問的是「鑰匙放在哪裡」。首先，預覽這四張圖，判斷對話中出現的位置應該會有「ポケット、かばん、靴、財布」。同樣地，要立即想出這四張圖相對應的日文。對話一開始男士說「不在公事包也沒在口袋裡」，馬上消去1跟2，接下來女士問「財布の中にはありませんか」（會不會在皮夾裡面呢），男士找了一下，回應「ありました」（找到了）。知道正確答案是4。

▶ 「ありました」雖然是過去式，但由於是用在找到遺失物的當下，所以和時態無關。同樣地，找到人的時候要說「あ、いました」（啊，他在這裡）。

說法百百種詳見 ▶▶ P082-9

單字と文法

□ かぎ 鑰匙

□ どうしましたか 怎麼了嗎

□ ポケット【pocket】口袋

□ 〜も〜もない …沒有…也沒有

□ 財布 錢包

□ あ 啊〔感嘆〕

□ ありました 有了，找到了

解題關鍵と訣竅

【關鍵句】紅茶をお願いします。

　　　　 きょうは暑かったから、冷たいのをお願いします。

▶ 看到這四張圖，立即判斷考點在要點的是咖啡還是紅茶，冰的還是熱的，相對應的日文有「コーヒー、紅茶、冷たい、温かい」。

▶ 這道題要問的是「男士要喝什麼飲料」。「どんな」除了要注意是什麼東西，還要聽出是在什麼狀態下。

▶ 對話一開始女士問男士，要不要喝「紅茶かコーヒー」（紅茶或咖啡）呢？男士說要「紅茶」的，可以消去1、2。女士又問要「冷たい」還是「温かい」的呢？男士說因為今天天氣很熱，所以選擇了「冷たい」。知道答案是4了。

▶ 一般咖啡廳常見的飲料有：「ウーロン茶」（烏龍茶）、「オレンジジュース」（柳橙汁）、「レモンティ」（檸檬茶）、「ミルクティ」（奶茶）及「コーラ」（可樂）等。

單字と文法

□ 飲む 飲用

□ か 或者

□ をお願いします 請給我…

□ の（名詞＋の）…的

□ と（名詞＋と＋名詞）…和…

□ どちらがいいか 哪個比較好？

□ 冷たい 冰的

会社で、男の人と女の人が話しています。二人はこれからどうしますか。

M：もう9時ですね。食堂で何か食べませんか。

F：そうですね。でも、この前9時過ぎに食堂に行ったときは、もう閉まっ
　　ていましたよ。

M：そうですか。じゃあ、食堂には行かないで、店で何か買ってきて食べ
　　ましょう。

二人はこれからどうしますか。

【譯】有位男士正和女士在公司裡說話。請問這兩人接下來要做什麼呢？

　　M：已經9點了耶。要不要在食堂吃點什麼？

　　F：說得也是。不過，我上次9點過後去食堂卻已經關門了唷。

　　M：是喔。那我們不去食堂了，到商店去買些東西回來吃吧。

　　請問這兩人接下來要做什麼呢？

地図を見ながら、男の人と女の人が話しています。大使館はどこにありますか。

M：すみません、大使館はどこにありますか。

F：この道をまっすぐ行ってください。デパートがありますので、その角を
　　右に曲がります。大きな白いビルが大使館ですよ。

M：そうですか。ありがとうございます。

大使館はどこにありますか。

【譯】有位男士邊看地圖邊和一位女士在說話。請問大使館位於哪裡呢？

　　M：不好意思，請問大使館在哪裡呢？

　　F：請沿著這條路往前直走，走到一家百貨公司的轉角處往右轉，就可以看到一
　　　　棟白色的大樓，那就是大使館了。

　　M：原來在那裡呀。謝謝。

　　請問大使館位於哪裡呢？

攻略的要點 「じゃあ」後面是說話者接下來的打算！

解題關鍵と訣竅

【關鍵句】じゃあ、食堂には行かないで、店で何か買ってきて食べましょう。

▶ 「どうしますか」（打算怎麼做呢）用來詢問將會採取什麼行動，或想怎麼做。由於行動的內容和個人的意志，決定有關，所以「じゃあ」（那麼）、「では」（那麼）、「それなら」（如果這樣的話…）這些語詞後面的內容往往是解題關鍵。

▶ 一開始男士提議「要不要在食堂吃點什麼」，女士雖然先回答「說得也是」，但接著又說「不過，我上次9點過後去食堂，已經關門了」，暗示食堂不能去，可以刪去圖2。

▶ 從「食堂には行かないで、店で何か買ってきて食べましょう」知道最後兩人不去餐廳，而是到商店買些東西來吃。可以刪去圖3去山田家，及圖4做菜。正確答案是1。

▶ 「時間名詞＋過ぎ」表示超過了那個時間；「とき」（…的時候）表示在做某一個行為當中，同時發生其他事情；「～ないで」（沒…反而…）表示不做前項，卻做後項。

▶ 食堂常見的餐點：「カツ丼」（炸豬排蓋飯）、「天ぷら」（天婦羅）、「牛丼」（牛丼）、「親子丼」（親子雞肉蓋飯）、「お握り」（飯糰）、「ラーメン」（拉麵）等。

單字と文法

- □ 9時 九點
- □ 食堂 食堂
- □ この前 之前
- □ 過ぎ 過了〔時間〕
- □ とき …的時候
- □ 閉まる 關門
- □ ないで 不…而是…
- □ 買ってくる 買回來

攻略的要點 注意路線及方位！

解題關鍵と訣竅

【關鍵句】この道をまっすぐ行ってください。デパートがありますので、その角を右に曲がります。大きな白いビルが大使館ですよ。

▶ 快速瀏覽這四張圖，知道這是道測試位置的試題。這道題要問的是「大使館位於哪裡呢」。知道方向了，集中精神往下聽，注意引導目標以及道路指示詞。

▶ 首先是眼前可以看到的「この道をまっすぐ行って」（沿著這條路往前直走），接下來走到一家百貨公司在「その角を右に曲がります」（它的轉角處往右轉），就可以看到白色大樓的大使館了。答案是3。

▶ 測試位置常出現的建築物還有：「建物」（建築物、房屋）、「郵便局」（郵局）、「銀行」（銀行）、「八百屋」（蔬果店）、「レストラン」（西餐廳）等。

說法百百種詳見 ▶▶ P082-9

單字と文法

- □ 大使館 大使館
- □ この道 這條路
- □ まっすぐ 往前直走
- □ 角 轉角
- □ 右 右邊
- □ 曲がる 轉〔彎〕
- □ 大きな 大的
- □ ビル【building 的略稱】大樓

1

2

3

4

			5月			
日	月	火	水	木	金	土
						1
2	3	④	5	6	7	8
9	10	11	12	13	14	15
16	17	18	19	20	21	22
23	24	25	26	27	28	29
30	31					

1-42 42 ばん 【答案跟解説：078 頁】　　　　　答え：① ② ③ ④

1

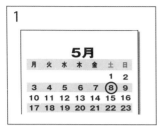

2

3

4

会社で男の人と女の人が話しています。男の人は、どれぐらいスポーツをしますか。

M：伊藤さんは毎日スポーツをしますか。

F：いいえ、毎日じゃありません。週に4回ぐらいですね。

M：多いですね。わたしは月に1回だけです。週に1回はしたいですね。

男の人は、どれぐらいスポーツをしますか。

【譯】有位男士正和女士在公司裡說話。請問這位男士大約多久做一次運動呢？

　　M：伊藤小姐有沒有每天做運動的習慣呢？

　　F：沒有每天都做，大約每週做4次吧。

　　M：好勤快呀。我只有每個月做1次而已，真希望能增加到每週至少1次呢。

　　請問這位男士大約多久做一次運動呢？

学校で、女の子と男の子が話しています。友だちの誕生日はいつですか。

F：もうすぐひろしくんの誕生日ですね。

M：そうですね。8日ですか。

F：違いますよ。6日です。ちょうど土曜日だから、みんなでごはんを食べに行きませんか。

M：いいですね。じゃ、あしたひろしくんに話しましょう。

友だちの誕生日はいつですか。

【譯】有個女孩正和男孩在學校裡說話。請問他們朋友的生日是在什麼時候呢？

　　F：小裕的生日快到了耶。

　　M：對呀，應該是8號吧。

　　F：不對啦，是6號。那天正巧是星期六，要不要大家一起出去吃頓飯呢？

　　M：好呀。那我們明天跟小裕說吧。

　　請問他們朋友的生日是在什麼時候呢？

解題關鍵と訣竅

【關鍵句】 わたしは月に１回だけです。

▶「どれぐらい」用來詢問頻率，這裡是大約多久的意思。這一道題要問的是「男士大約多久做一次運動」，注意問的是「男士」。

▶ 首先「週に４回ぐらい」是女士做運動的頻率，馬上除去圖１。接下來男士說的就是答案了「月に１回だけ」，正確的答案是４。男士後半段說的「週に１回」，是一個大陷阱，要聽清楚「～たいです」（希望⋯）是男士的心願而已，可別選到圖２了。

▶「時間＋に＋次數」表示某一範圍內動作的數量或次數，「に」前接某時間範圍，後面則為數量或次數。

單字と文法

☐ **会社** 公司　　　　　　☐ **回** ⋯次　　　　　　☐ **月に１回** 一個月一次

☐ **どれぐらい** 大約多久　☐ **ぐらい** 大約　　　　☐ **たい** 想要⋯〔動作〕

☐ **週** 一週　　　　　　　☐ **多い** 很多的

解題關鍵と訣竅

【關鍵句】 違いますよ。６日です。⋯。ちょうど土曜日だから。

▶ 看到日曆，先預覽這４個選項，腦中馬上反應出「８日、６日、土曜日、日曜日」的唸法，如果不放心，也可以快速在較難的「八日（ようか）、六日（むいか）」上面標出唸法，然後馬上充分調動手、腦，邊聽邊刪除干擾項。這一道題要問的是「朋友的生日是在什麼時候」，「いつ」（什麼時候）用在詢問時間。

▶ 首先是男士提出小裕的生日是「８日」，但馬上被女士的「違いますよ。６日です。」（不對啦，是６號。）給否定掉了，馬上除去「８日」的圖１、４。接下來女士又繼續說「ちょうど土曜日だから」（正巧是星期六），知道正確答案是３的「６日」、「土曜日」。「～ませんか」用來表示邀請。記得！選項也是陷阱百出的地方，所以不到最後絕對不妄做判斷！

▶ 日期唸法比較特別的有：１日（ついたち）、２日（ふつか）、３日（みっか）、４日（よっか）、５日（いつか）、６日（むいか）、７日（なのか）、８日（ようか）、９日（ここのか）、10日（とおか）、14日（じゅうよっか）、20日（はつか）、24日（にじゅうよっか），平時一定要背熟。

單字と文法

☐ **友だち** 朋友　　　☐ **もうすぐ** 快要　　　☐ **6日** 6號　　　☐ **話す** 說話

☐ **誕生日** 生日　　　☐ **8日** 8號　　　　　☐ **ちょうど** 剛好是

❶ 天氣必考說法

▶ 今朝は　晴れて　います。
今早天氣很晴朗。

▶ 午後は　曇って　います。
下午轉陰。

▶ 今日は　いい　天気です。
今天是個好天氣。

❷ 給予、接受說法

▶ 私は　ともだちに　誕生日プレゼントを　あげました。
我送了朋友生日物。

▶ （猿の発言）桃太郎さんは　私に　団子を　くれました。
（猴子説）桃太郎給了我丸子。

▶ 猿は　桃太郎に　団子を　もらいました。
猴子從桃太郎那裡得到了丸子。

❸ 提問常用說法

▶ 男の　人は　何を　借りましたか。
男性向別人借了什麼東西？

▶ 店の　名前は　どれですか。
店名是哪一個？

▶ 男の　人は、どの　バスに　乗りますか。
男性要搭哪一班公車？

❹ 決定時間常用說法

▶ 7時に、映画館の　前で　会いましょう。
7點在電影院前碰面吧！

▶ テストの　次の　日に　行きましょう。
考完試的隔天再去吧！

▶ 2時に　上野駅に　しましょう。
2點約在上野車站吧！

❺ 判斷題型的說法

▶ 男の　人の　今日の　昼ご飯は　どれですか。
今天男性所吃的午餐是哪一個呢？

▶ 女の　子が　食べたい　ものは　どれですか。
女孩想吃的是哪一個呢？

▶ 女の　人は、どの　かばんを　買いますか。
女性要買哪一個皮包呢？

❻ 人物的外表的說法

▶ 白い　セーターと　黒い　ズボンです。
白色毛衣跟黑色褲子。

▶ 妹は　二年前、背が　低かったが、今は　私と　同じくらいです。
妹妹二年前個子雖矮，但現在跟我差不多高。

▶ あの　背の　高い、めがねを　かけて　いる　人。
那個個子高高的，戴眼鏡的人。

▶ それから　帽子を　かぶって　います。
另外還戴著帽子。

❼ 問事常用說法

▸ 花子さんは　今　何を　して　いますか。
花子小姐，現在在做什麼？

▸ 女の　人は　これから　何を　しますか。
女性打算接下來要做什麼？

▸ 男の　人は　日曜日に　何を　しましたか。
男性星期天做了什麼？

❽ 場所題型提問的說法

▸ テーブルの　上に　何が　ありますか。
桌上有什麼？

▸ 箱は　どう　置きましたか。
箱子是怎麼放的？

▸ 部屋は　どう　なりましたか。
房間是怎麼佈置的？

▸ 女の　人の　部屋は　どれですか。
女性的房間是哪一間？

❾ 指位置常考說法

▸ 隣の　ビルです。こちらを　右へ。
隔壁的大樓。在這裡右轉。

▸ 右側に　曲がって、右側の　三つ目の　部屋です。
右轉後，右邊的第三個房間。

▸ 駅の　前の　大きい　デパート　分かりますか。銀行は　その　後ろです。
看到車站前的大百貨公司了嗎？銀行在它的後面。

▸ 私の　家は、丸い　建物です。白くて　高い　建物の　右です。
我家是圓形的建築物。它位於白色高大的建築物的右手邊。

ポイント理解

於聽取完整的會話段落之後,測驗是否能夠理解其內容(依據剛才已聽過的提示,測驗是否能夠抓住應當聽取的重點)。

考前要注意的事

▶ 作答流程 & 答題技巧

聽取說明	先仔細聽取考題說明
聽取問題與內容	聽取兩人對話之後,抓住對話的重點。 內容順序一般是「提問 ➡ 對話(或單人講述) ➡ 提問」預估有6題 1 提問時常用疑問詞,特別是「〜、何をしましたか」(〜、做了什麼事呢?)、「〜は、どれですか」(〜、是哪一個呢?)。 2 首要任務是理解要問什麼內容,接下來集中精神聽取提問要的重點,排除多項不需要的干擾訊息。 3 注意選項跟對話內容,常用意思相同但說法不同的表達方式。
答題	再次仔細聆聽問題,選出正確答案

N5 聴力模擬考題 もんだい２

もんだい２では　はじめに、しつもんを　きいて　ください。それから　はなしを
きいて、　もんだいようしの　１から４のなかから、いちばん　いい　ものを　ひとつ
えらんで　ください。

⌢2-1⌣ １ばん　【答案跟解説：086 頁】　答え：① ② ③ ④

⌢2-2⌣ ２ばん　【答案跟解説：086 頁】　答え：① ② ③ ④

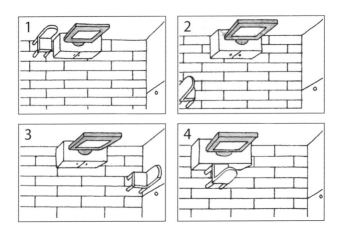

(2-3) 3ばん 【答案跟解説：088 頁】　　　答え：① ② ③ ④

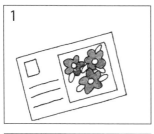

(2-4) 4ばん 【答案跟解説：088 頁】　　　答え：① ② ③ ④

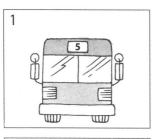

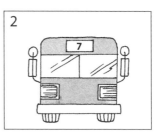

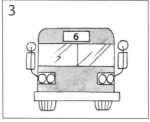

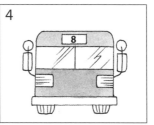

もんだい2　第 ❶ 題 答案跟解說　　答案：4　2-1

<ruby>男<rt>おとこ</rt></ruby>の<ruby>人<rt>ひと</rt></ruby>と<ruby>女<rt>おんな</rt></ruby>の<ruby>人<rt>ひと</rt></ruby>が<ruby>話<rt>はな</rt></ruby>しています。<ruby>女<rt>おんな</rt></ruby>の<ruby>人<rt>ひと</rt></ruby>はことしの<ruby>夏<rt>なつ</rt></ruby>、<ruby>何<rt>なに</rt></ruby>をしますか。

M：<ruby>山田<rt>やまだ</rt></ruby>さん、ことしの<ruby>夏<rt>なつ</rt></ruby>も<ruby>外国<rt>がいこく</rt></ruby>へ<ruby>旅行<rt>りょこう</rt></ruby>に<ruby>行<rt>い</rt></ruby>きますか。

F：<ruby>行<rt>い</rt></ruby>きたいですが、ことしはちょっと<ruby>時間<rt>じかん</rt></ruby>がありません。

M：そうですか。うちは<ruby>家族<rt>かぞく</rt></ruby>で<ruby>北海道<rt>ほっかいどう</rt></ruby>へ<ruby>行<rt>い</rt></ruby>きます。

F：いいですね。わたしは<ruby>子<rt>こ</rt></ruby>どもたちと<ruby>近<rt>ちか</rt></ruby>くのプールに<ruby>行<rt>い</rt></ruby>くだけですね。

M：となりの<ruby>町<rt>まち</rt></ruby>にいいプールがありますよ。

F：そうですか。<ruby>知<rt>し</rt></ruby>りませんでした。よく<ruby>行<rt>い</rt></ruby>きますか。

M：ええ。<ruby>駅<rt>えき</rt></ruby>から<ruby>近<rt>ちか</rt></ruby>くて、<ruby>便利<rt>べんり</rt></ruby>ですよ。

<ruby>女<rt>おんな</rt></ruby>の<ruby>人<rt>ひと</rt></ruby>はことしの<ruby>夏<rt>なつ</rt></ruby>、<ruby>何<rt>なに</rt></ruby>をしますか。

【譯】有位男士正和女士在說話。請問這位女士今年夏天要做什麼呢？

M：山田小姐，妳今年還是會去國外旅遊嗎？

F：雖然很想去，不過今年沒什麼時間。

M：這樣啊。我們全家要去北海道玩。

F：真好。我只能和孩子們去附近的游泳池而已。

M：隔壁鎮上有個很棒的游泳池唷。

F：是喔，我都不曉得。你很常去嗎？

M：嗯，離車站不遠，很方便呢。

請問這位女士今年夏天要做什麼呢？

もんだい2　第 ❷ 題 答案跟解說　　答案：1　2-2

<ruby>男<rt>おとこ</rt></ruby>の<ruby>人<rt>ひと</rt></ruby>と<ruby>女<rt>おんな</rt></ruby>の<ruby>人<rt>ひと</rt></ruby>が<ruby>話<rt>はな</rt></ruby>しています。いすはどうなりましたか。

M：<ruby>部屋<rt>へや</rt></ruby>の<ruby>入<rt>い</rt></ruby>り<ruby>口<rt>ぐち</rt></ruby>にあるいす、<ruby>使<rt>つか</rt></ruby>いますか。

F：それですか。きょうは<ruby>使<rt>つか</rt></ruby>いませんよ。

M：じゃ、どこに<ruby>置<rt>お</rt></ruby>きますか。

F：そうですね。<ruby>部屋<rt>へや</rt></ruby>の<ruby>奥<rt>おく</rt></ruby>のテレビのところに<ruby>置<rt>お</rt></ruby>いてください。

M：ここでいいですか。

F：あ、テレビの<ruby>前<rt>まえ</rt></ruby>じゃなくて、となりにお<ruby>願<rt>ねが</rt></ruby>いします。はい、そこでいいです。

いすはどうなりましたか。

【譯】有位男士正和女士在說話。請問椅子是怎麼擺放的呢？

M：那把放在房間進門處的椅子，妳要用嗎？

F：你是說那一把嗎？今天沒有要用。

M：那該放到哪裡呢？

F：這個嘛…請放到房間的最裡面、電視機那邊。

M：放這裡可以嗎？

F：啊，不是電視機前面，請放到電視機旁邊。好，那邊就可以了。

請問椅子是怎麼擺放的呢？

解題關鍵と訣竅

【關鍵句】わたしは子どもたちと近くのプールに行くだけですね。

▶ 「ポイント理解」的題型要考的是能否抓住整段對話的要點。這類題型談論的事情多，干擾性強，屬於略聽，所以可以不必拘泥於聽懂每一個字，重點在抓住談話的主題，或是整體的談話方向。這道題要問的是「女士今年夏天要做什麼呢」。

▶ 首先是「外国へ旅行に」，被下一句給否定了。聽到「が」（雖然…但是…）表示與前面說的內容相反，就知道沒去成了。接下來「北海道へ行きます」，是男士的行程，不正確。女士又接著說：「わたしは子どもたちと近くのプールに行くだけですね」（我只能和孩子們去附近的游泳池而已），指出她今年夏天的行程。「だけ」（只…）表示限定。答案是 4。記住，要邊聽（全神貫注）！邊記（簡單記下）！邊刪（用圈又法）！

▶ 日本夏季最重要的節日就是「お盆」（盂蘭盆節）了。「お盆」是日本七、八月舉辦的傳統節日，原本是追祭祖先、祈禱冥福的節日，現在已經是家庭團聚、合村歡樂的節日了。這期間一般公司、企業都會放將近一個禮拜的假，好讓員工們回家團聚。

🔵 單字と文法 🔵

□ ことし 今年	□ 外国 國外	□ プール【pool】游泳池
□ 夏 夏天	□ 家族 家人	□ 知る 知道
□ ちょっと ＜下接否定＞不太容易…	□ 子ども 小孩	□ 便利 方便

解題關鍵と訣竅

【關鍵句】部屋の奥のテレビのところに置いてください。
　　　　　テレビの前じゃなくて、となりにお願いします。

▶ 看到這道題的圖，馬上反應可能出現的場所詞「奥、前、となり」，跟相關名詞「いす、テレビ、部屋、入り口」。緊抓「椅子是怎麼擺放的呢」這個大方向，集中精神、冷靜往下聽。

▶ 用刪去法，首先聽出「部屋の奥のテレビのところに」（放到房間的最裡面，電視機那邊），馬上就可以刪去圖 2 及圖 3，繼續往下聽知道「テレビの前じゃなくて、となりに…」（不是電視機前面，請放到電視機旁邊），正確答案是 1。

▶「～てください」和「～お願いします」都是用在請別人做事的時候，不過前者帶有命令的語氣，後者較為客氣；一聽到句型「～じゃなくて、～です」（不是…而是…），就要提高警覺，因為「じゃなくて」的後面往往就是話題的重點！

說法百百種詳見 ▶▶ P138-1

🔵 單字と文法 🔵

□ 部屋 房間	□ 置く 放	□ 前 前面
□ 入り口 入口	□ 奥 裡面	□ 隣 旁邊
□ 使う 使用	□ テレビ【television 的略稱】電視	

女の人と男の人が話しています。二人はどんなはがきを買いましたか。

F：これ、きれいなはがきですね。お花がいっぱいで。

M：そうですね。1枚ほしいですね。

F：ゆみちゃんにはがきを出しましょうよ。

M：そうしましょう。あ、この犬のもかわいいですね。

F：そうですね。でも、ゆみちゃんは猫が好きだと言っていましたよ。

M：じゃあ、この大きい猫の写真があるはがきを買いましょう。

F：そうしましょう。

二人はどんなはがきを買いましたか。

【譯】有位女士正和一位男士在說話。請問這兩人買了什麼樣的明信片呢？

F：這張明信片好漂亮喔！上面畫了好多花。

M：真的耶，好想買一張喔。

F：要不要寄明信片給由美呢？

M：就這麼辦！啊，這張小狗的也好可愛喔！

F：真的耶！不過，由美曾說過她喜歡貓咪喔。

M：那我們買這張印有大貓咪照片的明信片吧。

F：好啊。

請問這兩人買了什麼樣的明信片呢？

男の人と女の人が話しています。男の人はどのバスに乗りますか。

M：すみません、8番のバスは駅まで行きますか。

F：8番のバスは駅の後ろにあるデパートの近くに止まりますが、駅まではちょっと遠いですね。

M：そうですか。じゃ、何番のバスがいいですか。

F：そうですね。6番が駅の前に止まりますから、いちばん便利ですね。5番と7番もデパートのほうには行きますが、駅には行きませんよ。

M：そうですか。ありがとうございます。

F：いいえ、どういたしまして。

男の人はどのバスに乗りますか。

【譯】有位男士正和女士在說話。請問這位男士會搭哪一號公車呢？

M：不好意思，請問8號公車會到車站嗎？

F：8號公車會停靠位於後站的百貨公司附近，不過離車站有點遠喔。

M：這樣啊。那我要搭哪一號公車比較好呢？

F：讓我想想，6號公車會停在車站前面，是最方便的。5號和7號公車也會開往百貨公司那邊，不過不會到車站喔。

M：我曉得了，謝謝。

F：不客氣。

請問這位男士會搭哪一號公車呢？

解 題 關 鍵 と 訣 竅

【關鍵句】じゃあ、この大きい猫の写真があるはがきを買いましょう。

▶ 這一題問題關鍵在「どんな」（怎樣的），這裡要問的是明信片上的圖案、大小。

▶ 首先快速預覽這四張圖，知道對話內容的主題在「はがき」（明信片）上，立即比較它們的差異，有「花」、「犬」跟「猫」，「一匹」跟「三匹」。

▶ 首先掌握設問「兩人買了什麼樣的明信片」這一大方向。一開始知道女士跟男士喜歡「お花がいっぱい」的明信片，先保留圖 1，在掀開牌底之前，都不能掉以輕心的，也就是絕不能妄下判斷。接下來男士說「這張小狗的也好可愛」的，但女士說要「由我說過她喜歡貓咪」，可以消去 2 跟兩人個人喜歡的圖 1。男士又建議買「大きい猫の写真」（大貓咪照片），女士馬上「そうしましょう」（好啊）。知道答案是 4 了。

▶ 「～ましょう」表示邀請對方一起做某件事情；「この犬のも」的「の」用來取代「はがき」。

▶ 日本人會在 12 月寫賀年卡，以感謝今年一整年關照自己的上司、同事、老師、同學及朋友。同時也期許大家能在新的一年持續對自己多加關照。

🌑 單字と文法 🌑

□ はがき 名信片　□ 花 花　　　□ ほしい 想要…　□ 犬 狗　　　　□ 猫 貓咪

□ きれい 漂亮的　□ いっぱい 許多　□ 出す 寄出　　　□ かわいい 可愛的　□ 写真 照片

解 題 關 鍵 と 訣 竅

【關鍵句】6 番が駅の前に止まりますから、いちばん便利ですね。

▶ 先預覽這 4 個選項，腦中馬上反應出「5 番、6 番、7 番、8 番、バス」的唸法，並推測考點在搭乘哪一輛公車。

▶ 這一道題要問的是「男士會搭哪一號公車」。首先從男士的「～は駅まで行きますか」，知道男士前往的目的地是「駅」（車站）。女士一開始說明「8 番」公車離車站有點遠，馬上除去圖 4。接下來女士建議，因為「6 番」公車會停在車站前面，是最方便的。女士接著又說「5 番」跟「7 番」也會開往百貨公司，但不到男士要前往的車站。這時更確定男士應該要搭乘 6 號公車，正確答案是 3。

▶ 「A は～が、B は～」表示 A 和 B 的內容是對比的；「～がいいです」用來比較一些東西，並從當中挑出一個最好的；「いちばん～」後接形容詞或形容動詞，表示最高級。

🌑 單字と文法 🌑

□ 乗る 搭乘　　　□ デパート【department store　□ いちばん 最…
　　　　　　　　　的略稱】百貨公司
□ 番 …號　　　　　　　　　　　　　　　□ ほう 往…的方向
　　　　　　　　□ 止まる 停止
□ 駅 車站
　　　　　　　　□ 何番 幾號
□ 後ろ 後面

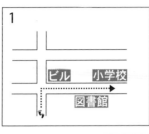
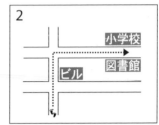
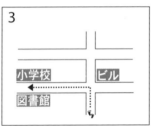
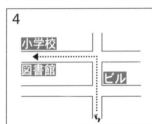

2-6 6ばん 【答案跟解説：092 頁】 答え：① ② ③ ④

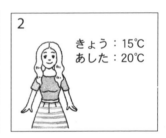

〔2-7〕7ばん 【答案跟解説：094 頁】　　　答え：①②③④

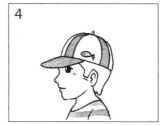

〔2-8〕8ばん 【答案跟解説：094 頁】　　　答え：①②③④

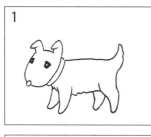

女の人と男の人が話しています。小学校はどこにありますか。

F：すみません、さくら小学校に行きたいのですが、この道でいいですか。

M：ええ、いいですよ。あそこに大きいビルがありますね。

F：はい。

M：まっすぐ行って、あのビルの向こうの道を右に曲がってください。

F：はい。

M：道の右側に図書館があります。小学校は図書館の前ですよ。

F：ありがとうございます。

M：どういたしまして。

小学校はどこにありますか。

【譯】有位女士正在問路。請問小學位於哪裡呢？

F：不好意思，我想去櫻小學，請問走這條路對嗎？

M：嗯，沒有錯。有看到那邊有一棟很高的大樓嗎？

F：看到了。

M：請往前直走，過那棟大樓後，再往右轉。

F：好。

M：馬路右側有座圖書館，小學就在圖書館的對面。

F：謝謝。

M：不客氣。

請問小學位於哪裡呢？

男の人と女の人が話しています。あしたの天気はどうなりますか。

M：ことしの冬は本当に寒かったですね。

F：そうでしたね。

M：うちは家族みんな、一度は風邪を引きましたよ。

F：それはたいへんでしたね。でもきょうはちょっと暖かくて、よかったですね。

M：あっ、でもあしたはきょうより5度ぐらい寒くなると聞きましたよ。

F：そうですか。じゃあ、まだコートがいりますね。

あしたの天気はどうなりますか。

【譯】有位男士正和女士在說話。請問明天的天氣將會如何呢？

M：今年的冬天真的很冷耶。

F：是呀。

M：我們全家人都感冒過一次了。

F：那真糟糕呀。不過今天還滿暖和的，真是太好了呢。

M：啊，可是聽說明天會比今天再降5度左右喔。

F：是哦。看來大衣還不能收起來呢。

請問明天的天氣將會如何呢？

解題關鍵と訣竅

【關鍵句】あのビルの向_むこうの道_{みち}を右_{みぎ}に曲_まがってください。
道_{みち}の右側_{みぎがわ}に図書館_{としょかん}があります。小学校_{しょうがっこう}は図書館_{としょかん}の前_{まえ}ですよ。

▶ 這是道測試位置的試題。看到這道題的圖，馬上反應可能出現的方向指示詞「まっすぐ、向こう、右、左、前」，跟相關動詞「行って、曲がって」。

▶ 這道題要問的是「小學位於哪裡呢」。知道方向了，集中精神往下聽，注意引導目標。首先是眼前可以看到的「大きいビル」（很高的大樓），接下來「まっすぐ行って」（直走）到達「ビル」（大樓）的位置。接下來，關鍵在「あのビルの向こうの道を右に曲がって」（過那棟大樓後，再往右轉），正確答案是2。

▶ 「向こう」（那邊），在這裡是「過了（大樓）的那一條⋯」的意思。

▶ 方向位置的說法還有：「東」（東邊）、「西」（西邊）、「南」（南邊）、「北」（北邊）、「前」（前面）、「後ろ」（後面）。

🌀 單字と文法 🌀

□ **小学校**_{しょうがっこう} 小學　　　□ **まっすぐ** 直直地　　　□ **右側**_{みぎがわ} 右側

□ **道**_{みち} 道路　　　　　　　□ **向こう**_む 對面　　　　　□ **図書館**_{としょかん} 圖書館

□ **ビル**【building 的略稱】大樓　　□ **曲がる**_ま 轉彎

解題關鍵と訣竅

【關鍵句】でもあしたはきょうより5度_どぐらい寒_{さむ}くなると聞_ききましたよ。

▶ 看到這四張圖，馬上反應是跟氣溫、時間及人物穿著有關的內容，腦中馬上出現相關單字。

▶ 設問是「明天的天氣將會如何」。從對話中女士說「きょうはちょっと暖かくて」（今天還滿暖和的）及男士的「あしたはきょうより5度ぐらい寒くなる」（明天會比今天再降5度左右），要能聽出「5度ぐらい寒くなる」馬上把今天的溫度減去5度，這樣圖2、圖3都要刪去。最後剩下圖1跟圖4，要馬上區別出他們的不同就在有無穿大衣，最後的關鍵在女士說「まだコートがいりますね」（大衣還不能收起來呢），正確答案是1了。

▶ 「Aより～」（比起A⋯）表示比較；「～と聞きました」（聽說⋯）可以用來直接引述別人的話；「まだ」（還⋯）表示某種狀態仍然持續著。

🌀 單字と文法 🌀

□ **冬**_{ふゆ} 冬天　　　　　□ **一度**_{いちど} 一次　　　　　□ **でも** 可是

□ **本当に**_{ほんとう} 真的是　　□ **風邪**_{かぜ} 感冒　　　　　□ **くなる** 變得⋯

□ **寒い**_{さむ} 寒冷的　　　　□ **引く**_ひ 得了〔感冒〕

_{おんな}_こ_{おとこ}_こ_{はな}
女の子と男の子が話しています。男の子の帽子はどれですか。

F：この帽子、机の上にありましたよ。山田くんのですか。

M：これですか。ぼくのじゃありません。

F：そうですか。でも、山田くんも黒色の帽子、持っていますよね。

M：はい。持っています。でも、ぼくの帽子は後ろに魚の絵があります。

F：そうですか。じゃあ、これはだれのでしょうね。

_{おとこ}_こ_{ぼうし}
男の子の帽子はどれですか。

【譯】有個女孩正和男孩在說話。請問這個男孩的帽子是哪一頂呢？

F：這頂放在桌上的帽子，是山田你的嗎？

M：妳說這頂嗎？不是我的。

F：是喔？可是，你也有頂同樣是黑色的帽子吧？

M：嗯，有啊。不過，我的帽子在後腦杓的地方有個魚的圖案。

F：這樣呀。那麼，這會是誰的帽子呢？

請問這個男孩的帽子是哪一頂呢？

_{おとこ}_{ひと}_{おんな}_{ひと}_{はな}_う_{いぬ}
男の人と女の人が話しています。生まれた犬はどれですか。

M：健太くんの家、犬が生まれましたよ。

F：健太くんのところの犬は黒でしたよね。

M：ええ。でも生まれたのは、黒の犬じゃありませんよ。

F：どんな色ですか。

M：背中は黒で、おなかは白ですよ。

F：足も白ですか。

M：前の足は白で、後ろは黒です。

生まれた犬はどれですか。

【譯】有位男士正和女士在說話。請問生　　F：是什麼顏色的呢？
出來的小狗是哪一隻呢？　　　　　　　　M：背是黑色的，肚子是白色的唷。

M：健太家裡養的狗生小狗了耶。　　　　F：腳也是白色的嗎？

F：健太他家的小狗是黑色的吧。　　　　M：前腳是白色的，但是後腳是黑色的。

M：嗯，不過生出來的小狗，不是黑色　　請問生出來的小狗是哪一隻呢？
　　的唷。

攻略的要點 平時要熟記有關位置的單字！

翻譯與題解

もんだい
1

もんだい
❷

もんだい
3

もんだい
4

解題關鍵と訣竅

【關鍵句】でも、ぼくの帽子は後ろに魚の絵があります。

▶ 首先快速預覽這四張圖，知道主題在「帽子」（帽子）上，立即比較它們的差異，有方位詞相關的「前」、「後ろ」、「横」跟「魚の絵」，判斷這一題要考的是圖案的位置以及圖案的有無。聽對話，一開始掌握設問「男孩的帽子是哪一頂」這一大方向。從對話中得知男孩叫山田， 他有頂黑色的帽子，帽子「後ろに魚の絵があります」（帽子後方有魚的圖案）。正確答案是 3。

▶ 放在句尾的「よね」有確認的作用；如果想表達自己擁有某東西，可以用「～を持っています」，請注意不是「～を持ちます」，這是「拿…」的意思。

說法百百種詳見 ≫ P138-2

🔵 單字と文法 🔵

□ **帽子** 帽子　　　　　□ **も** 也…　　　　　□ **絵** 圖案
□ **机** 書桌，辦公桌　　□ **持つ** 擁有　　　　□ **じゃあ**「では 那麼」的口語說法
□ **上** 上面　　　　　　□ **魚** 魚

解題關鍵と訣竅

【關鍵句】背中は黒で、おなかは白ですよ。
　　　　　前の足は白で、後ろは黒です。

▶「要點理解」的題型，都是通過對話的提示，測驗考生能不能抓住核心資訊。首先快速預覽這四張圖，知道對話內容的主題在「犬」（狗）上，立即比較它們的差異，有「白い」跟「黑い」，「背中」跟「おなか」，「前の足」跟「後ろの足」。

▶ 首先掌握設問的「出生的小狗是哪一隻」這一大方向。一開始女士說「健太家的小狗是黑色的吧」，被男士給否定掉，馬上消去 2。接下來男士說「背中は黒で、おなかは白」，可以消去 1，至於腳的顏色，男士又說「前の足は白で、後ろは黑」。知道答案是 4 了。

▶「…犬は黑でしたよね」的「でした」是以過去式た形來表示「確認」，不是指狗以前是黑色的。

▶ 常聽到流行用語「猫派vs犬派」，「猫派」是喜歡貓的人，「犬派」是喜歡狗的人。

🔵 單字と文法 🔵

□ **生まれる** 出生　　□ **黒** 黑色　　　　□ **背中** 背上，背後　　□ **白** 白色
□ **犬** 狗　　　　　　□ **どんな** 什麼樣的　□ **お腹** 腹部　　　　　□ **足** 腳

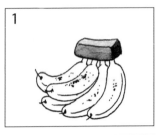

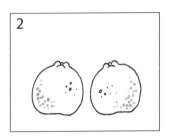

2-10 **10 ばん** 【答案跟解説：98 頁】 答え：① ② ③ ④

（2-11）**11 ばん** 【答案跟解説：100 頁】 答え：① ② ③ ④

1

2

3

4

（2-12）**12 ばん** 【答案跟解説：100 頁】 答え：① ② ③ ④

1

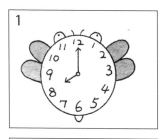

2

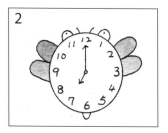

3

4

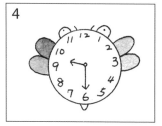

<ruby>男<rt>おとこ</rt></ruby>の<ruby>人<rt>ひと</rt></ruby>と<ruby>女<rt>おんな</rt></ruby>の<ruby>人<rt>ひと</rt></ruby>が<ruby>話<rt>はな</rt></ruby>しています。<ruby>男<rt>おとこ</rt></ruby>の<ruby>人<rt>ひと</rt></ruby>は<ruby>何<rt>なに</rt></ruby>を<ruby>買<rt>か</rt></ruby>いますか。

M：<ruby>今<rt>いま</rt></ruby>から<ruby>買<rt>か</rt></ruby>い<ruby>物<rt>もの</rt></ruby>に<ruby>行<rt>い</rt></ruby>きますよ。<ruby>何<rt>なに</rt></ruby>かほしいものがありますか。

F：そうですね。あしたの<ruby>朝<rt>あさ</rt></ruby><ruby>食<rt>た</rt></ruby>べる<ruby>果物<rt>くだもの</rt></ruby>を<ruby>買<rt>か</rt></ruby>ってきてください。

M：いいですよ。じゃ、バナナはどうですか。

F：バナナは<ruby>先週<rt>せんしゅう</rt></ruby><ruby>買<rt>か</rt></ruby>いました。りんごかみかんはどうですか。

M：わたしはりんごがいいですね。

F：じゃあ、りんごを2つ、お<ruby>願<rt>ねが</rt></ruby>いします。

M：わかりました。

<ruby>男<rt>おとこ</rt></ruby>の<ruby>人<rt>ひと</rt></ruby>は<ruby>何<rt>なに</rt></ruby>を<ruby>買<rt>か</rt></ruby>いますか。

【譯】有位男士正和女士在說話。請問這位男士要買什麼呢？

M：我現在要去買東西，妳有沒有什麼想要買的？

F：讓我想想…請幫我買明天早上要吃的水果。

M：可以啊。那麼，買香蕉好嗎？

F：我上個禮拜已經買過香蕉了。蘋果或是橘子如何？

M：我比較想要吃蘋果。

F：那麼，麻煩買兩顆蘋果吧。

M：我曉得了。

請問這位男士要買什麼呢？

<ruby>女<rt>おんな</rt></ruby>の<ruby>子<rt>こ</rt></ruby>と<ruby>男<rt>おとこ</rt></ruby>の<ruby>子<rt>こ</rt></ruby>が<ruby>話<rt>はな</rt></ruby>しています。きのう、<ruby>女<rt>おんな</rt></ruby>の<ruby>子<rt>こ</rt></ruby>は<ruby>初<rt>はじ</rt></ruby>めにどこに<ruby>行<rt>い</rt></ruby>きましたか。

F：きのうはとても<ruby>楽<rt>たの</rt></ruby>しかったですよ。

M：<ruby>何<rt>なに</rt></ruby>をしたんですか。

F：<ruby>美香<rt>みか</rt></ruby>ちゃんの<ruby>家<rt>うち</rt></ruby>でパーティーがありました。ケーキをたくさん<ruby>食<rt>た</rt></ruby>べましたよ。

M：そうですか。

F：<ruby>美香<rt>みか</rt></ruby>ちゃんの<ruby>家<rt>うち</rt></ruby>に<ruby>行<rt>い</rt></ruby>く<ruby>前<rt>まえ</rt></ruby>には、<ruby>公園<rt>こうえん</rt></ruby>に<ruby>行<rt>い</rt></ruby>って、<ruby>友<rt>とも</rt></ruby>だちみんなで<ruby>遊<rt>あそ</rt></ruby>びました。

M：それはよかったですね。

きのう、<ruby>女<rt>おんな</rt></ruby>の<ruby>子<rt>こ</rt></ruby>は<ruby>初<rt>はじ</rt></ruby>めにどこに<ruby>行<rt>い</rt></ruby>きましたか。

【譯】有個女孩正和一個男孩在說話。請問這個女孩昨天最先去了哪裡呢？

F：昨天玩得真開心呀！

M：妳做了什麼呢？

F：美香家裡開了派對，我吃了好多蛋糕喔。

M：是喔。

F：我在去美香她家之前，先去了公園，和朋友們一起玩。

M：那真是太好了呢。

請問這個女孩昨天最先去了哪裡呢？

解題關鍵と訣竅

【關鍵句】じゃあ、りんごを２つ、お願いします。

▶ 「要點理解」的題型，一般談論的事物多，屬於略聽，可以不必拘泥於聽懂每一個字，重點在抓住談話的主題。

▶ 首先，預覽這四張圖，在對話還沒開始前，立即想出這三種水果的日文「バナナ、みかん、りんご」，判斷要考的是水果的種類及數量。

▶ 這道題問的是「男士要什麼」。對話一開始男士問女士，要不要「バナナ」，立即被女士說上禮拜買了給否定掉，馬上消去１跟４，接下來女士問買「りんご」跟「みかん」如何呢？男士用「～がいい」（我選…）選擇「りんご」，正確的答案是３。

▶ 「～がいいです」（我選…）是做出選擇的句型，表示說話者覺得某個東西比較好，後面加個「ね」讓語氣稍微緩和。

▶ 「お願いします」表示拜託對方做某事，這裡的意思是「買ってきてください」；男士回答「わかりました」表示他答應女士的請求，也可以說「いいですよ」（可以啊）。

🔵 單字と文法 🔵

- □ 買い物 買東西
- □ バナナ【banana】香蕉
- □ りんご 蘋果
- □ ほしい 想要的
- □ どう 如何
- □ みかん 橘子
- □ 果物 水果
- □ 先週 上週

解題關鍵と訣竅

【關鍵句】美香ちゃんの家に行く前には、公園に行って、友だちみんなで遊びました。

▶ 這一題解題關鍵在聽懂事情先後順序的句型「前に」（…之前…）。提問是「女孩昨天最先去了哪裡呢」，掌握女孩最先去的地方這個方向，抓住要點來聽。

▶ 對話中女孩先說昨天「美香家裡開了派對」、「吃了好多蛋糕」。在這裡可別大意，以為答案是圖１，只能「暫時」保留。由於這類題型常在最後來個動作大翻盤，記住不到最後不妄下判斷。果然，女孩說「美香ちゃんの家に行く前には、公園に行って、友だちみんなで遊びました」（去美香家前，先去了公園，和朋友一起玩），要聽懂句型「前に」（…之前…），就能聽出答案是３了。

▶ 「動詞辭書形＋前に」表示做前項動作之前，先做後項的動作；「動詞た形＋あとで」表示前項的動作做完後，做後項的動作。是一種按照時間順序，客觀敘述事情發生經過的表現，而前後兩項動作相隔一定的時間發生。

▶ 「動詞連體形＋前に」表示動作的順序，也就是做前項動作之前，先做後項的動作。

說法百百種詳見 ≫ P138-3

🔵 單字と文法 🔵

- □ きのう 昨天
- □ 楽しい 開心
- □ ケーキ【cake】蛋糕
- □ 公園 公園
- □ とても 非常
- □ うち 家
- □ 食べる 吃

_{おとこ ひと おんな ひと はな}
男の人と女の人が話しています。_{おんな ひと うち かえ} 女の人は家に帰って、_{はじ なに}初めに何をしますか。

M：_{い とう}伊藤さんは_{まいにちいそが}毎日忙しいですね。

F：そうですね。テレビを_み見たり_{ほん よ}本を読んだりする_{じ かん}時間もあまりありません。

M：そうですか。_{まいにち}毎日、_{うち かえ}家に帰って、すぐ_{ばん}晩ごはんを_{つく}作りますか。

F：いいえ。_{さき せんたく}先に洗濯をします。_{あさ せんたく}朝は洗濯をする_{じ かん}時間がありませんから。_{りょう り}料理は
_{せんたく}洗濯のあとですね。

M：_{ほんとう たいへん}本当に、大変ですね。

_{おんな ひと うち かえ}女の人は家に帰って、_{はじ なに}初めに何をしますか。

【譯】有位男士正和女士在說話。請問這位女士在回到家裡時，會最先做什麼事呢？

M：伊藤小姐每天都很忙吧。

F：是呀。我連看看電視、看看書的時間都沒有。

M：是喔。妳每天回到家裡就立刻準備晚餐嗎？

F：沒有，我會先洗衣服，因為早上沒時間洗。洗完衣服才來煮菜。

M：真的忙得團團轉呢。

請問這位女士在回到家裡時，會最先做什麼事呢？

_{おんな ひと おとこ ひと はな}女の人と男の人が話しています。_{おとこ ひと なん じ かいじょう つ}男の人は何時ごろパーティーの会場に着きました
か。

F：_{ど よう び}土曜日のパーティー、_{やま だ}山田さんはどうして_き来ませんでしたか。

M：わたしがパーティーの_{かいじょう つ}会場に着いたとき、パーティーはもう_お終わっていました。

F：パーティーは7_じ時からでしたね。_{なん じ かいじょう つ}何時ごろ会場に着きましたか。

M：_{ど よう び つま ゆうがた とも で}土曜日は妻が夕方から友たちと出かけて、8_{じ はん}時半ごろに帰ってきました。
_{つま かえ}妻が帰ってきてから、いっしょに_い行きましたので、9_{じ はん}時半ごろですね。

F：そうですか。パーティーは9_じ時までででしたからね。

_{おとこ ひと なん じ かいじょう つ}男の人は何時ごろパーティーの会場に着きましたか。

【譯】有位女士正和男士在說話。請問這
位男士大約在幾點抵達派對現場呢？

F：星期六的那場派對，山田先生你怎
麼沒來呢？

M：我抵達現場時，派對早就結束了。

F：派對是從7點開始的。你大約幾點
抵達現場呢？

M：星期六傍晚我太太和朋友一起出
去，大約在8點半回來。我等太太
回家之後才跟她一起前往，所以大
概是9點半到吧。

F：是喔。畢竟派對9點就結束了。

請問這位男士會在大約幾點去派對呢？

解 題 關 鍵 と 訣 竅

【關鍵句】先に洗濯をします。

▶ 這一題解題關鍵在接續副詞「先に」（先…）、「あと」（之後），只有聽準這些詞才能理順動作的順序。提問是回家後女士「首先要做什麼」。

▶ 這道題的對話共出現了四件事，首先是「テレビを見たり本を読んだりする」（看看電視、看看書），但被女士說沒時間給否定掉了，可以刪掉圖 1 和圖 2。接下來是「晚ごはんを作ります」，這也被女士給否定掉了，馬上刪掉圖 3。最後關鍵在「先に洗濯をします」（先洗衣服），答案是 4 了。

▶ 至於後面的對話「料理は洗濯のあとですね」（洗完衣服才來煮菜）都是為了想把考生殺個措手不及，而把動作順序弄複雜的，是干擾項要排除。

▶ 「～たり、～たりします」表示行為的列舉，從一堆動作當中挑出兩個具有代表性的；「あまり～ありません」（不怎麼…）表示程度不高、頻率不高或數量不多。

單字と文法

□ **帰る** 回去　　□ **テレビ**【television 的略稱】電視　　□ **大変** 辛苦、嚴重

□ **する** 做…　　□ **すぐ** 馬上

□ **毎日** 每天　　□ **先に** 先　　　　　　　　　　　　　□ **あまり** ＜後接否定＞不太、不怎麼樣

□ **忙しい** 忙碌　　□ **洗濯** 洗衣服

解 題 關 鍵 と 訣 竅

【關鍵句】妻が帰ってきてから、いっしょに行きましたので、9時半ごろですね。

▶ 聽完整段內容，能否理解內容，抓住要點是「要點理解」的特色。看到時鐘，先預覽這 4 個選項，腦中馬上反應出「8:00、7:00、9:00、9:30（半）」的唸法，這道題相關的時間詞多，出現的時間點也都靠得很近，所以要跟上速度，腦、耳、手並用，邊聽邊刪除干擾項。

▶ 這道題要問的是「男士大約在幾點抵達派對現場」緊記住這個大方向，然後集中精神往下聽。

▶ 首先女士說的「7時」是派對開始時間，馬上除去圖 2。接下來男士先說的「8時半ごろ」是太太回家的時間，是干擾項。最後一句的「9時半ごろです」其實意思就是「9時半ごろに着きました」（大概 9 點半到）。正確答案是 4。

▶ 「パーティーは 9時まででしたからね」中的「まで」（到…）表示時間截止的範圍。「から」（因為…）表示原因。

單字と文法

□ **何時** 什麼時候　　　　□ **会場** 會場　　□ **とき** …時候　　□ **出かける** 出門

□ **パーティー**【party】派對　　□ **着く** 到達　　□ **終わる** 結束　　□ **てから** 做完…再…

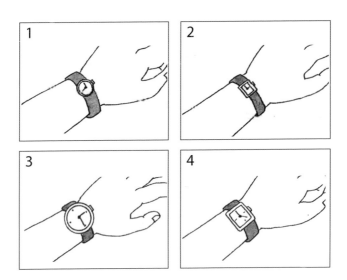

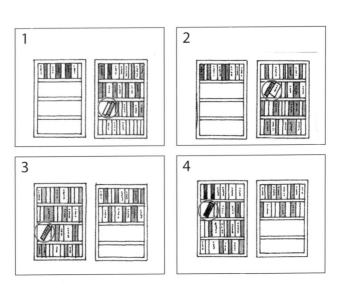

(2-15) 15 ばん 【答案跟解説：106 頁】　　　答え：① ② ③ ④

(2-16) 16 ばん 【答案跟解説：106 頁】　　　答え：① ② ③ ④

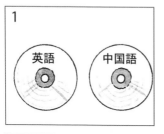

男の人と女の人が話しています。女の人の腕時計はどれですか。

M：鈴木さん、それ新しい腕時計ですか。

F：ええ。誕生日に自分で買いました。

M：小さい腕時計ですね。

F：ええ。大きいのは腕が疲れますので、小さいのを買いました。

M：丸くて、かわいいですね。

女の人の腕時計はどれですか。

【譯】有位男士正和女士在說話。請問這位女士的手錶是哪一只呢？

M：鈴木小姐，手上戴的是新錶嗎？

F：嗯，我在生日時買給自己的。

M：好小巧的手錶喔。

F：是呀，戴大錶手很容易痠，所以我買小一點的。

M：圓圓的，很可愛呢。

請問這位女士的手錶是哪一只呢？

男の人と女の人が話しています。男の人はどこに本を返しますか。

M：この前借りた本、ありがとうございました。とてもおもしろかったです。

F：どういたしまして。もう全部読みましたか。早いですね。

M：ええ、今週はひまでしたから。本はどこに置きましょうか。

F：右の本棚の下から2番目に入れてください。左には古い本を入れていますから。

M：わかりました。

男の人はどこに本を返しますか。

【譯】有位男士正和女士在說話。請問這位男士會把書歸位到哪裡呢？

M：這是之前向妳借閱的書，謝謝妳。真是好看極了！

F：不客氣。你全部讀完了嗎？看得好快喔。

M：嗯，因為這禮拜比較有空。書放哪裡好？

F：請放到右邊書架、從下往上數的第二格。左邊擺的是舊書。

M：我知道了。

請問這位男士會把書歸位到哪裡呢？

解題關鍵と訣竅

【關鍵句】大きいのは腕が疲れますので、小さいのを買いました。
丸くて、かわいいですね。

▶ 首先快速預覽這四張圖，知道對話內容的主題在「腕時計」（手錶）上，立即比較它們的差異，有「小さい」跟「大きい」，「四角い」跟「丸い」，判斷這一題要考的是手錶的大小和錶面的形狀。

▶ 首先掌握設問「女士的手錶是哪一只」這一大方向。一開始從男士話中就知道是「小さい」手錶，馬上消去 3 跟 4。最後，男士說「丸くて、かわいいですね」（圓圓的，很可愛呢）。知道答案是 1 了。

▶「ええ」（是啊，嗯）表示肯定對方說的是正確的。

說法百百種詳見 ▶▶ P139-4

單字と文法

□ 腕時計 手錶　　□ 自分 自己　　□ 小さい 小巧的　　□ 疲れる 疲憊

□ 新しい 新的　　□ 買う 買　　□ ええ 用降調表示肯定是的　　□ 丸い 圓的

解題關鍵と訣竅

【關鍵句】右の本棚の下から 2 番目に入れてください。

▶ 預覽這四張圖，要馬上知道是位置的題型，然後瞬間區別它們的差異：「左？右？」及「下から 2 番目？上から 2 番目？」要注意對話中出現的指示方位詞。

▶ 設問的是「男士會把書歸位到哪裡呢」。這道題在對話中就說出答案「右の本棚の下から 2 番目に」（右邊書架、從下往上數的第二格），對話中沒有干擾項，只要一一順著指示，就可以找到目標了。答案是 1。

▶「とてもおもしろかったです」（真是好看極了），用過去式來說明心得感想。

▶ 日常生活中場所位置的話題占的比重很高，因此也是出題機率相當高的考題。場所題型考試重點在：事物存在的位置、人物活動的場所及動作的目的等。

單字と文法

□ 返す 返還　　□ どういたしまして 不客氣　　□ 早い 迅速　　□ 2 番目 第二個

□ 借りる 借入　　□ 読む 閱讀　　□ ひま 暇餘　　□ 古い 舊的

女の人と男の人が写真を見ながら話しています。この写真はどこでとりましたか。

F：山田さん。これ、いつの旅行の写真でしょうか。去年、みんなで温泉に行ったときのでしょうか。

M：これですか。どこかのホテルのレストランですね。みんなで晩ごはんを食べていますね。でも、去年じゃありませんよ。伊藤さんがいるから、3年ぐらい前ですね。

F：そうですね。3年前には、みんなで山に登りましたね。

M：あっ、わかりました。海が見えるホテルに泊まったときのですよ。もう5年前ですね。この写真はどこでとりましたか。

【譯】有位女士正和男士邊看照片邊說話。請問這張照片是在哪裡拍攝的呢？

F：山田先生，這張照片是在哪一趟旅遊時拍的呢？會不會是去年大家一起到溫泉的時候拍的呢？

M：這張嗎？應該是在某間飯店的餐廳吧。照片中大家在吃晚餐。不過，這不是去年的照片喔。伊藤先生也在照片裡，所以大概是3年前拍的吧？

F：說得也是。3年前，大家有一起去爬過山吧。

M：啊！我想起來了！就是住在那家看得到海景的飯店時拍的！已經是5年前的事了吧。

請問這張照片是在哪裡拍攝的呢？

女の人と男の人が話しています。男の人はどんな音楽をよく聴きますか。

F：よく音楽を聴いていますね。

M：ええ。毎朝会社に来るとき、電車の中でも聴いていますよ。

F：どんな音楽をよく聴きますか。

M：そうですね。英語や中国語の歌をよく聴きます。音楽を聴きながら、勉強もできます。

F：日本の歌はどうですか。

M：あまり聴きませんね。

男の人はどんな音楽をよく聴きますか。

【譯】有位男士正和女士在說話。請問這位男士經常聆聽哪種音樂呢？

F：你好常在聽音樂喔。

M：是啊。我在搭電車來公司的途中，總是會聽著音樂。

F：你都聽哪種音樂呢？

M：這個嘛，我很常聽英文或中文的歌曲。可以一面聽音樂、一面學習語文。

F：那日本歌呢？

M：幾乎沒什麼聽耶。

請問這位男士經常聆聽哪種音樂呢？

解題關鍵と訣竅

【關鍵句】あっ、わかりました。海が見えるホテルに泊まったときのですよ。
もう 5 年前ですね。

▶ 這道題要問的是「這張照片是在哪裡拍攝的呢」，「どこ」（哪裡）問的是場所位置，注意提示抓住要點。這道題一開始先提示了話題在「旅行の写真」上。

▶ 首先聽到女士問是去年「温泉に行ったとき」（洗溫泉時）拍的嗎？但被男士的「這不是去年的照片喔」給否定了，可以把圖 4 打一個叉。女士接著又提到 3 年前，大家曾經一起去「山に登りました」（爬過山），但這是 3 年前大家的動作，不是拍攝位置，圖 2 也打一個叉。最後，男士才想到「海が見えるホテルに泊まったとき」，點出了拍攝地點是看得到海景的飯店。正確答案是 3。

▶「とき」（…的時候）表示在那段時間同時發生了其他事情；疑問句型「～ですか」語氣較為直接，而「～でしょうか」（是不是這樣的呢）語氣比較委婉，同時帶有推測的意思。

單字と文法

□ 写真 照片　　　　□ 温泉 溫泉　　　　□ 登る 攀登　　　　□ 見える 看得見

□ 撮る 拍〔照〕　　□ ホテル【hotel】飯店　□ 海 海邊　　　　□ 泊まる 住宿

□ いつ 什麼時候　　□ 山 山

解題關鍵と訣竅

【關鍵句】英語や中国語の歌をよく聴きます。

▶ 這道題要問的是「男士經常聆聽哪種音樂」。「どんな」問的是音樂的種類、性質或特徵，要仔細聆聽對話中的描述；「よく」（經常），表示程度、頻率高的意思。

▶ 對話中直接說出答案「英語や中国語の歌をよく聴きます」（很常聽英文或中文的歌曲）。但是，後面提到日本歌時，男士說「あまり聴きませんね」，要能聽懂表示頻率不高的「あまり～ません」（不怎麼…），就知道男士幾乎沒什麼聽日語歌了。正確答案是 1。

▶「～に来るとき」的「とき」（…的時候）表示在那段時間同時發生了其他事情；「音楽を聴きながら、…」的「～ながら」（一邊…一邊…）是表示同時進行兩個動作。

單字と文法

□ 音楽 音樂　　　　□ 来る 來　　　　□ 歌 歌曲　　　　□ できる 能…

□ よく 經常　　　　□ 英語 英文　　　　□ 勉強 讀書　　　　□ ながら 邊…邊…

□ 聴く 聽〔音樂〕　□ 中国語 中文

2-19 19 ばん 　【答案跟解説：112 頁】　　　　　　　　答え： ① ② ③ ④

2-20 20 ばん 　【答案跟解説：112 頁】　　　　　　　　答え： ① ② ③ ④

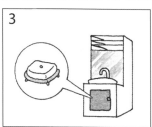

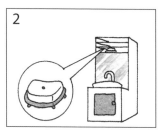

_{おとこ ひと おんな ひと はな}
男の人と女の人が話しています。男の人は休みに何をしますか。
M：あしたから休みですね。田中さんはどこかへ遊びに行きますか。
F：ええ、家族で主人の両親のところへ行きます。伊藤さんは？
M：旅行に行きたかったのですが、やめました。でも、コンサートを見に行きます。
F：それは、いいですね。
男の人は休みに何をしますか。

【譯】有位男士正和女士在說話。請問這位男士在休假時，要做什麼事呢？
M：明天開始就是休假了，田中小姐妳有要去哪裡玩嗎？
F：嗯，我們全家要回夫家。伊藤先生你呢？
M：我雖然很想去旅行，但還是算了吧。不過，我要去看演唱會。
F：那還真不錯呢。
請問這位男士在休假時，要做什麼事呢？

_{おとこ ひと おんな ひと はな}
男の人と女の人が話しています。りんごは今いくつありますか。
M：この前、山田さんからもらったりんご、まだありますか。
F：もうありません。全部で30個もあったので、2階と3階の人にも二つずつ
　あげました。
M：おいしかったでしょう。わたしも一つ食べましたが、とても甘かったです。
F：ええ、みんなとてもおいしかったと言っていましたよ。
りんごは今いくつありますか。

【譯】有位男士正和女士在說話。請問現在蘋果有幾顆呢？
M：之前從山田先生那邊拿到的蘋果，還有剩的嗎？
F：已經沒有了。總共有30顆，所以也分給了2樓和3樓的同事，一個人拿2顆。
M：很好吃吧？我也吃了1顆，非常甜呢。
F：是呀，大家都說很好吃呢。
請問現在蘋果有幾顆呢？

解題關鍵と訣竅

【關鍵句】旅行に行きたかったのですが、やめました。でも、コンサートを見に行きます。

▶ 這一題解題關鍵在聽出打消前面內容的終助詞「が」（雖然…但是…）。

▶ 這道題要抓住設問的主題在「男士在休假時要做什麼事」，重點在「男士」。由於一開始話說的是女士，談話方向很容易被混淆了，要冷靜抓住方向。可以在試卷上，簡單寫上「男、休み、何を」，然後排除女士說的「我們全家要回夫家」。最後，男士先說出「旅行に行きたかったのですが」，只要聽出「が」就知道旅行是去不成了。接下來的「でも、コンサートを見に行きます」原來是去聽演唱會，答案是 4。

▶ 「～たかった」表示說話者曾經有過的心願、希望。「がる」第三人稱，給人的感覺；「たい」第一人稱強烈的願望。

▶ 妻子對外人稱呼自己老公用「主人」（我先生），也可以說「夫」（我丈夫）。先生對外人稱呼自己妻子用「家内」（我太太），也可以說「妻」（我妻子）。

🍎 單字と文法 🍎

□ **休み** 休假　　　　□ **旅行** 旅行　　　　□ **両親** 父母

□ **から** 從…　　　　□ **行きたい** 想去　　□ **へ** 前往…

□ **遊び** 遊玩　　　　□ **主人** 丈夫　　　　□ **コンサート**【concert】演唱會、音樂會

解題關鍵と訣竅

【關鍵句】もうありません。

▶ 首先快速預覽這四張圖，預測這一題要考的是蘋果的數量，針對對話中的數字，要全神貫注聆聽。

▶ 這一道題要問的是「現在蘋果有幾顆」。「今」（現在）問的是現在的狀態，記得腦中一定要緊記住這個大方向。這題對話雖比較長，但是一開始，針對男士問「之前山田先生給的蘋果，還有剩嗎」，女士就說出答案了「もうありません」（已經沒有了），知道答案是 4。後面女士先說出原本全部共「30個」，後來又補充分給 2 樓和 3 樓「二つずつ」（各兩個）。男士也追加說自己吃了「一つ」，這些都是干擾內容。

▶ 「まだ」（還…）指某狀態不變；「もう～ません」（已經…沒…）指某狀態已經消失。

▶ 「全部で30個」中的「で」表示數量的總計；「ずつ」（每…）表示平均分攤為同樣數量的詞。

🍎 單字と文法 🍎

□ **いくつ** 幾個　　　□ **全部** 全部　　　□ **ので** 因為　　　□ **おいしい** 好吃

□ **もらう** 得到　　　□ **階** …樓　　　　□ **あげる** 給…　　　□ **甘い** 香甜的

□ **今** 現在

_{おんな}_{せいと}_{おとこ}_{せいと}_{はな}
女の生徒と男の生徒が話しています。きのう、男の生徒はお風呂に入ったあと、
_{なに}
何をしましたか。

F：おはよう。きょうは早いですね。何をしているんですか。

M：おはよう。きのう宿題をしなかったので、今しています。

F：どうしてきのうしなかったんですか。

M：きのうはとても疲れていたので、晩ごはんを食べてお風呂に入ったあと、
　　すぐに寝ました。

F：そうですか。じゃあ、きょうからは、晩ごはんの前に宿題をするほうがいいですね。

M：そうします。

きのう、男の生徒はお風呂に入ったあと、何をしましたか。

【譯】有個女學生正和一個男學生在說話。請問這個男學生昨天在洗澡後做了什麼事呢？

F：早安。你今天好早來學校啊。你在幹嘛啊？

M：早安。我昨天沒寫功課，現在在趕工。

F：為什麼昨天沒寫呢？

M：昨天累死了，吃完晚飯、洗完澡後就馬上去睡了。

F：這樣哦。那麼，今後得在吃飯前先寫功課才好喔。

M：嗯，我會的。

請問這個男孩昨天在吃過晚飯以後，做了什麼事呢？

_{おとこ}_{ひと}_{おんな}_{ひと}_{はな}
男の人と女の人が話しています。石けんはどこにありましたか。

M：お風呂の石けんがありませんよ。

F：そうですか。新しいのが鏡のとなりの棚に入っていますよ。

M：あそこはもう見ましたが、ありませんでしたよ。

F：そうですか。あ、違いました。手を洗うところの下でした。

M：じゃあ、そっちを見ますね。ああ、ありました。

石けんはどこにありましたか。

【譯】有位男士正和女士在說話。請問肥皂放在哪裡呢？

M：浴室裡的肥皂已經用光了。

F：是喔？新肥皂放在鏡子旁邊的架子上。

M：那邊我剛剛已經看過了，沒有肥皂耶。

F：真的嗎？啊，我搞錯了！我把它放到洗手台的下面了。

M：那我找找看那邊好了。啊，找到了。

請問肥皂放在哪裡呢？

解 題 關 鍵 と 訣 竅

【關鍵句】晩ごはんを食べてお風呂に入ったあと、すぐに寝ました。

▶ 這一題解題關鍵在聽準「～てから」（…之後）、「～前に」（…之前）、「～あと」（…之後）、「先に」（先…）等表示順序的句型或副詞出現的地方，還有今天、明天的時間詞。設問是男學生昨天「洗澡後做了什麼事呢」。

▶ 預覽這四張圖，瞬間區別它們的差異，腦中並馬上閃現相關單字：「宿題をする、お風呂に入る、寝る、ご飯を食べる」。

▶ 相同地，這道題也談論了許多的事情。首先是做功課「宿題」，但這是今天做的事情，可以刪去圖1。接下來一口氣說出昨天的事情「晩ごはんを食べてお風呂に入ったあと、すぐに寝ました」，知道他昨天的行動順序是「吃飯→洗澡→睡覺」。至於後面的「今後得在吃飯前先寫功課才好喔」又再次為這道題設下了干擾，要排除。答案是3。記住，要全神貫注邊聽！邊用刪去法！

▶ 「～ほうがいい」用來建議對方這樣做比較妥當；「何をしているんですか」的「～んですか」是看到眼前的事實以後，用來詢問理由原因。

單字と文法

□ 生徒 學生　　□ ている 正在…　　□ とても 很…　　□ すぐ 馬上

□ 風呂 澡盆；洗澡　□ 宿題 作業　　□ 寝る 睡覺　　□ ほうがいい 做比較好…

解 題 關 鍵 と 訣 竅

【關鍵句】あ、違いました。手を洗うところの下でした。

▶ 這是道測試場所位置的考題，這類考題對話中常出現幾個指示方位詞，可以在預覽試卷上的圖時，馬上大膽假設可能出現的場所用詞「上、中、下、右、左、となり」等等。

▶ 首先掌握設問「肥皂放在哪裡呢」。一開始女士說新的肥皂放在「鏡のとなりの棚に」（鏡子旁邊的架子上），但被男士給否定了，馬上消去圖1和圖4。接下來女士想起應該要放到「手を洗うところの下でした」（洗手台的下面），男士找了一下回說「ああ、ありました」（啊，找到了），知道答案是3了。

▶ 「…ところの下でした」的「でした」含有說話者「想起來」的感覺，不是表示過去；「あそこはもう見ました」的「もう」是「已經」的意思；「そっちを見ますね」的「そっち」是「そちら」的口語說法。

說法百百種詳見 ▶▶ P139-5

單字と文法

□ 石けん 肥皂　　□ 棚 架子　　□ もう 已經　　□ 洗う 清洗

□ 新しい 新的　　□ 入る 放置　　□ 見る 看、見　　□ そっち 那邊

□ 鏡 鏡子

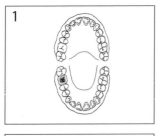

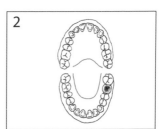

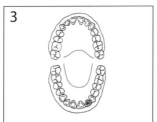

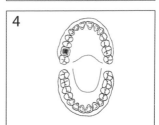

(2-23) 23 ばん 【答案跟解説：118 頁】　　　　　答え：① ② ③ ④

1	2
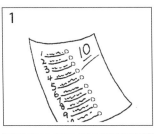	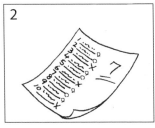
3	4
	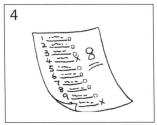

(2-24) 24 ばん 【答案跟解説：118 頁】　　　　　答え：① ② ③ ④

1	2

3	4

男の人と女の人が話しています。二人はいつコンサートに行きますか。

M：土曜日にコンサートがありますよ。いっしょに行きませんか。

F：いいですね。土曜日は、5日ですよね。

M：あ、今週じゃなくて、来週です。

F：ちょっと待ってくださいね。じゃ、12日ですね。

M：13日じゃありませんか。

F：あ、本当ですね。来月のページを見ていました。

二人はいつコンサートに行きますか。

【譯】有位男士正和女士在說話。請問他們兩人什麼時候要去聽演唱會呢？

M：星期六有一場演唱會喔！要不要一起去聽呢？

F：好呀。星期六是 5 號吧。

M：啊，不是這個禮拜，是在下個禮拜。

F：請等一下喔…那就是12號囉？

M：不是13號嗎？

F：啊，真的耶。我錯看成下個月的月曆了。

請問他們兩人什麼時候要去聽演唱會呢？

歯医者と女の人が話しています。痛い歯はどれですか。

M：こんにちは。きょうはどうしましたか。

F：奥の歯が痛いんです。

M：そうですか。では、口を大きく開いてください。上の歯ですか、下の歯ですか。

F：下の歯です。

M：右のほうの歯はきれいですね。あ、これですね。左側の後ろから2つ目の歯ですね。薬をあげましょう。すぐによくなりますよ。

F：そうですか。ありがとうございます。

痛い歯はどれですか。

【譯】牙醫正和一位女士在說話。請問是哪一顆牙齒在痛呢？

M：您好。今天是哪裡不舒服呢？

F：臼齒很痛。

M：這樣喔。那麼，請把嘴巴張大。是上排牙齒還是下排牙齒呢？

F：是下排牙齒。

M：右邊的牙齒很漂亮喔。啊，是這顆吧？左邊倒數第二顆牙齒吧？我開藥給妳吧，馬上就會好了。

F：這樣啊。那就麻煩醫生了。

請問是哪一顆牙齒在痛呢？

攻略的要點　平時要熟記日期和星期的唸法！

翻譯與題解

もんだい

1

もんだい

❷

もんだい

3

もんだい

4

解題關鍵と訣竅

【關鍵句】土曜日にコンサートがありますよ。

13日じゃありませんか。

▶ 看到日曆，先預覽這4個選項，腦中馬上反應出「5日、13日、12日、土曜日、日曜日」的唸法。這一道題要問的是「兩人什麼時候要去聽演唱會」。

▶ 首先是男士指出「土曜日」有一場演唱會，確認演唱會是在星期六，馬上除去「日曜日」的圖4。接下來女士指出「土曜日は、5日ですよ」，被男士說不是「今週」（這個禮拜），是在「来週」（下個禮拜），這句話暗示「演唱會日期是5號」是不正確的，這時候圖1可以除去。接下來女士確認說「12日ですね」（是12號囉），但男士回答「13日じゃありませんか」（不是13號嗎），這句話間接否定女士，並說出答案來，表示演唱會是在13號，不是12號。正確答案是2。

說法百百種詳見 ▶▶ P139-6

🔵 單字と文法 🔵

□ コンサート【concert】演唱會　　□ 来週 下週　　　　　□ 来月 下個月

□ いっしょ 一起　　　　　　　　　□ 待つ 等待　　　　　□ ページ【page】頁

□ 今週 本週　　　　　　　　　　　□ 本当 真的

解題關鍵と訣竅

【關鍵句】あ、これですね。左側の後ろから2つ目の歯ですね。

▶ 這是道測試位置的試題。首先，快速瀏覽這四張圖，馬上大膽假設可能出現的位置指示詞「上、下、右、左、前、後ろ、奥」，甚至「1つ目」、「2つ目」…等等。

▶ 首先掌握設問「哪一顆牙齒在痛呢」這一大方向。一開始知道女士痛的是「奥の歯」（臼齒），馬上消去3。接下來牙醫問「是上排牙齒還是下排牙齒呢」的，女士回答「下の歯」，可以消去4。牙醫檢查說「右のほうの歯」很漂亮，這是陷阱可別被混淆了。接下來牙醫才說出答案「左側の後ろから2つ目の歯ですね」（左邊倒數第二顆牙齒吧）。知道答案是1了。

▶ 這裡的「薬をあげましょう」中的「ましょう」表示牙醫說明要做某事。也可以說「薬をあげます」（我開藥給妳），不過「ましょう」聽起來比較委婉客氣；「～くなります」中的「く」前接形容詞詞幹，表示變化。

🔵 單字と文法 🔵

□ 痛い 疼痛　　　　　　□ 口 嘴巴　　　　　　□ 左側 左邊

□ 歯 牙齒　　　　　　　□ 開く 張開　　　　　□ 目 第…個

□ 奥 裡面的　　　　　　□ 右 右邊　　　　　　□ 薬 藥

女の子と男の子が話しています。男の子はテストでいくつできましたか。

F：きょうのテスト、難しかったですね。10個の問題全部できましたか。

M：全部はできませんでした。

F：いくつできましたか。

M：8つできました。

F：じゃあ、わたしよりいいですね。わたしは7つしかできませんでしたよ。

男の子はテストでいくつできましたか。

【譯】有個女孩正和一個男孩在說話。請問這個男孩在考試中有幾題會寫呢？

F：今天的考試好難喔。你10題全部都會寫嗎？

M：我沒有每題都寫。

F：你會寫幾題呢？

M：我寫了8題。

F：那就比我還厲害了。我只會寫7題而已。

請問這個男孩在考試中有幾題會寫呢？

男の人と女の人が話しています。女の人の犬は、夜どこにいますか。

M：小さくて、かわいい犬ですね。

F：ありがとうございます。まだ9ヶ月ですよ。

M：そうですか。犬はいつも家の中にいるのですか。

F：いいえ。夜だけですね。外が好きなので、昼の間はいつも庭で遊んでいます。

M：うちの犬は、一日中家の中にいますよ。お散歩のときだけ外に出ます。

女の人の犬は、夜どこにいますか。

【譯】有位男士正和女士在說話。請問這位女士的小狗，晚上是待在哪裡呢？

M：這隻狗好小、好可愛喔。

F：謝謝稱讚。現在才9個月大。

M：這樣呀。妳都讓小狗一直待在家裡面嗎？

F：沒有，只有晚上才在家裡。牠喜歡戶外，白天總是在院子玩耍。

M：我家的狗，成天都待在屋子裡呢。只有帶去散步時才出門。

請問這位女士的小狗，晚上是待在哪裡呢？

攻略的要點 平時要熟記數量詞！

翻譯與題解

もんだい

1

もんだい

❷

もんだい

3

もんだい

4

解題關鍵と訣竅

【關鍵句】8つできました。

▶ 先預覽這 4 張圖，腦中馬上反應出「7つ、8つ、9つ、10個」的唸法，如果不放心，也可以快速在唸法特別的數字旁邊標出假名「7つ（ななつ）、8つ（やっつ）、9つ（ここのつ）」。

▶ 這一道題要問的是「男孩在考試中有幾題會寫」，記住這個大方向，然後馬上充分調動手、腦、邊聽邊刪除干擾項。

▶ 首先女孩問男孩「10個」問題全部都會寫嗎？馬上被男孩否定了，可以立即除去圖1。女孩問會寫幾題呢？男孩直接說出答案，說「8つ」。接下來女孩說自己只會寫「7つ」，這是女孩會寫的題數，圖 2 也不正確。正確答案是「8つ」的圖 4。

單字と文法

□ テスト【test】 考試　　□ ～個 …題　　□ より 比起…　　□ しか～ません 僅僅

□ いくつ 幾個　　□ 問題 題目　　□ いい 好　　□ できる 能夠、可以

□ 難しい 困難的　　□ 全部 全部

解題關鍵と訣竅

【關鍵句】犬はいつも家の中にいるのですか。

いいえ。夜だけですね。

▶ 這道題要問的是「女士的小狗，晚上是待在哪裡呢」。聽到「夜」（晚上）和「どこ」（哪裡），知道除了要注意場所位置，也要仔細聽清楚時間點。

▶ 首先男士問女士「都讓小狗一直待在家裡面嗎」，女士的回答間接說出了答案「夜だけ」（只有晚上），也就是小狗晚上是待在家裡的。答案是 1。接下來對話中談及了幾個地方，有「昼の間はいつも庭で」（白天總是在院子）、「一日中家の中に」（成天都待在屋子裡），前者是小狗白天待的地方，後者說的是男士的小狗，都為這道題設下了干擾。

▶「だけ」（只…）表示只限於某範圍；句型「～しか～ません」強調「僅僅如此」，說話者通常帶有遺憾的心情，語氣比「だけ」還強烈。

單字と文法

□ 犬 狗　　□ まだ 才…　　□ 外 戶外　　□ 中 …裡面

□ 夜 晚上　　□ 庭 庭院　　□ いつも 總是　　□ 散歩 散步

□ 小さい 小的

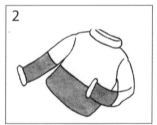

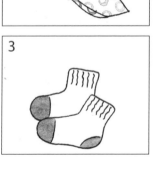

[2-27] 27 ばん 【答案跟解説：124 頁】　　　　答え： ① ② ③ ④

1	2

3	4

[2-28] 28 ばん 【答案跟解説：124 頁】　　　　答え： ① ② ③ ④

1	2
明日	火曜日

3	4
水曜日	木曜日

_{おとこ}男の_{ひと}人と_{おんな}女の_{ひと}人が_{はな}話しています。_{ごご}午後の_{てんき}天気はどうなりますか。

M：きょうは_{おおあめ}大雨ですね。

F：_{かぜ}風も_{つよ}強いですよ。

M：_{あさ}朝のニュースでは_{ごご}午後から_{あめ}雨も_{かぜ}風ももっと_{つよ}強くなると言っていましたよ。

F：わたしもそのニュース_み見ました。でも、あしたはいい_{てんき}天気になるとも_い言っていましたね。

M：そうでしたね。

_{ごご}午後の_{てんき}天気はどうなりますか。

【譯】有位男士正和女士在說話。請問下午的天氣會是如何呢？

M：今天的雨好大喔。

F：風也很大呢。

M：早上新聞說到了下午風雨會更大喔。

F：我也有看到那則新聞，不過新聞有說明天天氣就會變好了。

M：是啊。

請問下午的天氣會是如何呢？

デパートで_{おんな}女の_{ひと}人と_{おとこ}男の_{ひと}人が_{はな}話しています。_{おとこ}男の_{ひと}人は_{なに}何を_か買いましたか。

F：きょうは_{やまだ}山田さんも_か買い_{もの}物ですか。

M：ええ。ネクタイを_か買いに来ました。

F：いいネクタイがありましたか。

M：いいえ、_す好きなのがありませんでした。

F：じゃ、_{なに}何も_か買わなかったんですか。

M：セーターを1_{ちゃく}着と_{くつした}靴下を買いました。

F：そうですか。

_{おとこ}男の_{ひと}人は_{なに}何を_か買いましたか。

【譯】有位男士在百貨公司裡正和一位女士在說話。請問這位男士買了什麼東西呢？

F：山田先生今天也來買東西嗎？

M：是啊，我來買領帶。

F：有看到喜歡的領帶嗎？

M：沒有，沒看到喜歡的。

F：那你什麼都沒有買嗎？

M：我買了一件毛衣和襪子。

F：這樣喔。

請問這位男士買了什麼東西呢？

解題關鍵と訣竅

【關鍵句】朝のニュースでは午後から雨も風ももっと強くなると言っていましたよ。

▶ 這是天氣題型，請在預覽試卷上的圖時，馬上反應可能出現的詞「風、強い、大雨、曇り」。

▶ 設問是「下午的天氣會是如何呢」，解題關鍵在「早上新聞說到了下午風雨會更大喔」。而後面的「不過新聞有說明天天氣就會變好了」，這是明天的天氣，是干擾項，要聽準時間詞！正確答案是 3。

▶ 「もっと」是「更…」的意思；「形容詞詞幹く＋なる」表示變化；「～と言っていました」用在完整轉述別人的話。

▶ 和天氣相關的詞彙有：「晴れ」（晴天）、「曇り」（陰天）、「雨」（雨天）、「風」（風）、「雲」（雲）、「雪」（下雪）、「暑い」（熱的）、「寒い」（冷的）、「涼しい」（涼爽的）等。

說法百百種詳見 ▶▶P140-7

單字と文法

- □ 午後 下午
- □ 大雨 大雨
- □ 強い 強勁的
- □ ニュース【news】新聞
- □ 天気 天氣
- □ 風 風勢
- □ 雨 雨勢
- □ になる 成…、為…

解題關鍵と訣竅

【關鍵句】セーターを 1 着と靴下を買いました。

▶ 這一題關鍵在提問的「何」（什麼），要仔細聆聽物品的名稱。

▶ 這道題要問的是「男士買了什麼東西」。首先，預覽這四張圖，判斷對話中出現的東西會有「ネクタイ、セーター、靴下」。記得，對話還沒開始前，要馬上想出這三種服飾及配件的日文。對話一開始女士問男士，看到喜歡的「ネクタイ」了嗎，立即被男士給否決掉，馬上消去 1。接下來男士說的，買了「セーターを 1 着と靴下」（一件毛衣和襪子）。知道正確的答案是 4。

▶ 「～に来ました」表示為了某種目的前來；「何も買わなかったんですか」中的「～んですか」有強調確認的語氣，女士因為聽到男士特地前來購買領帶，卻沒看到喜歡的，所以才用「ん」（の）來強調確認。

單字と文法

- □ 買い物 購物
- □ 何も 什麼都…
- □ と …跟…
- □ ネクタイ【necktie】領帶
- □ セーター【sweater】毛衣
- □ 靴下 襪子
- □ 好き 喜歡
- □ 1 着 一件

学校で女の生徒と男の生徒が話しています。英語が上手な人はだれですか。

F：あそこのドアの前に立っている髪の長い女の子、山田くんのクラスの人ですか。あの人英語が上手ですよね。

M：ああ、鈴木さんですね。アメリカに5年住んでいたと言っていました。

F：あそこのいすに座っている髪の短い女の子も英語が上手ですよね。

M：伊藤さんですか。いいえ、伊藤さんは英語じゃなくて、フランス語が上手です。

F：ああ、そうでしたか。

英語が上手な人はだれですか。

【譯】有位男同學在學校裡正和一位女同學在說話。請問英文流利的是誰？

F：那個站在門前、頭髮很長的女生，是山田你們班上的人吧？她英文很好對吧？

M：喔，妳說鈴木嗎？她說自己曾在美國住了5年。

F：坐在那張椅子上的短髮女生，她英文也很好吧？

M：妳說伊藤嗎？不是喔，伊藤流利的不是英文，而是法文。

F：哦，原來如此。

請問英文流利的是誰？

会社で男の人と女の人が話しています。女の人はいつから会社に来ますか。

M：山田さんはあしたから休みですね。旅行に行くんですか。

F：ええ、アメリカに行ってきます。

M：いつから会社に来るんですか。

F：来週の木曜日から来ます。

M：じゃ、水曜日に日本に帰ってくるんですね。

F：いいえ、日本には火曜日の夜に帰ってきます。水曜日は家で休みます。

M：そうですか。楽しんできてくださいね！

F：ありがとうございます。

女の人はいつから会社に来ますか。

【譯】有位男士在公司裡正和一位女士在說話。請問這位女士什麼時候會來上班呢？

M：山田小姐妳的休假是從明天開始吧？要去旅行嗎？

F：是呀，我要去一趟美國。

M：什麼時候會回來上班呢？

F：下週四會來上班。

M：那也就是說，妳是星期三回到日本囉？

F：不是，回到日本是星期二晚上。星期三要在家休息。

M：這樣啊。祝妳旅途愉快囉！

F：謝謝。

請問這位女士什麼時候會來上班呢？

攻略的要點　要聽仔細對於人物的描述！

翻譯與題解

もんだい 1

もんだい ❷

もんだい 3

もんだい 4

解題關鍵と訣竅

【關鍵句】ドアの前に立っている髪の長い女の子、…。あの人英語が上手ですよね。
アメリカに 5 年住んでいたと言っていました。

▶ 看到這四張圖，馬上反應是跟人物有關的內容，腦中馬上出現人物的外表描述，然後瞬間區別它們的差異：「座っている、立っている、髪の長い、髪の短い」。

▶ 這道題要問的是「英文流利的是誰」，以英文流利對人物做了限定。一開始女士問「ドアの前に立っている髪の長い女の子」（站在門前、頭髮很長的女生）英文很好對吧？接下來男士間接肯定的說，「她說她曾在美國住了5年」，這裡要能判斷「在美國住了5年=英文流利」，就能得出答案是 2 了。

▶ 至於，後面的對話中出現了「いすに座っている髪の短い女の子」是「法文流利」，可別掉入陷阱了。

▶「～と言っていました」可以用來完整轉述別人的說話內容。

🔵 單字と文法 🔵

□ 英語 英文　　　　　　□ クラス【class】班級　　　　□ 言う 說

□ 上手 擅長　　　　　　□ アメリカ【America】美國　　□ フランス語 法語

□ 誰 誰　　　　　　　　□ 住む 居住

解題關鍵と訣竅

【關鍵句】いつから会社に来るんですか。
来週の木曜日から来ます。

▶ 這一道題要問的是「女士什麼時候會來上班」，記得腦中一定要緊記住這個大方向，邊聽邊記「明日、火曜日、水曜日、木曜日」這些關鍵的時間點，女士做哪些動作。

▶ 這題對話比較長，首先由男士說出的「あした」是女士是開始休假的時間，是干擾項，馬上除去圖 1。接下來男士問什麼時候回來上班，女士直接說出考試點的時間「来週の木曜日から来ます」（下週四會來上班），知道答案是 4。後半段的「火曜日」是回日本時間，「水曜日」是在家休息時間，都是干擾項要排除。

▶「～んです」表示詢問情況，要求給予說明，這一題男士用了三次，暗示男士聽說女士要去旅行，希望對方能多做些補充說明。

🔵 單字と文法 🔵

□ いつ 什麼時候　　　　□ 休み 休假　　　　　　　　　□ ね 確認語氣，放句尾

□ から 開始　　　　　　□ じゃ「では」那麼的口語說法　□ 楽しむ 期待、享受

□ 会社 公司　　　　　　□ 夜 晚上

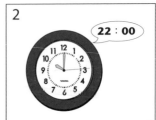
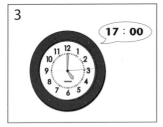

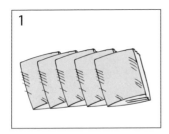
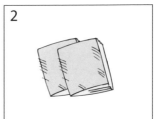
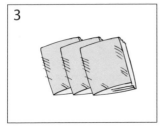
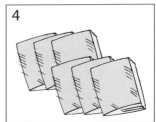

(2-31) 31 ばん 【答案跟解説：130 頁】　　　　答え：① ② ③ ④

(2-32) 32 ばん 【答案跟解説：130 頁】　　　　答え：① ② ③ ④

女の学生と男の学生が話しています。二人は何時から映画を見ますか。

F：きょう、何時の映画を見ましょうか。

M：そうですね。きょうは授業のあと、サッカーの練習があるので、少し遅い時間のがいいですね。

F：サッカーの練習は何時に終わりますか。

M：5時ぐらいです。7時には駅に行きます。

F：じゃ、駅で会って、晩ごはんを食べてから映画を見ましょう。8時からのでいいですね。11時には家に帰りたいので。

M：じゃ、そうしましょう。

二人は何時から映画を見ますか。

【譯】有位女學生正和一位男學生在說話。　　　M：大約5點。7點可以去車站。
請問這兩個人要看幾點的電影呢？　　　　　　F：那麼，我們在車站碰面，吃完飯以
F：今天要看幾點的電影？　　　　　　　　　　　後再看電影吧。看8點開始的場
M：我想想。今天放學以後，我要練習　　　　　　次，可以吧？我想在11點回家。
　　足球，所以我們約晚一點比較好。　　　　M：嗯，就這麼決定吧。
F：足球的練習幾點結束呢？　　　　　　　　　請問這兩個人要看幾點的電影呢？

図書館で女の人と男の人が話しています。きょう、男の人は本を何冊借りましたか。

F：好きな本ありましたか。

M：ええ、これとこれです。

F：2冊だけでいいんですか。6冊まで大丈夫ですよ。

M：知っています。でも、家にまだ読んでいない本が3冊ありますから。田中さんは何冊借りましたか。

F：わたしは6冊借りました。

きょう、男の人は本を何冊借りましたか。

【譯】有位女士在圖書館裡正和一位男士在說話。請問這位男士今天借了幾本書呢？
F：有沒有找到你想看的書呢？
M：嗯，我想看這本和這本。
F：只借2本就夠了嗎？最多可以借閱6本喔。
M：我知道，不過，家裡還有3本還沒看過。田中妳借了幾本呢？
F：我借了6本。
請問這位男士今天借了幾本書呢？

解題關鍵と訣竅

【關鍵句】8時からのでいいですね。

▶ 看到這一題的四個時間，馬上掌握圖中的四個時間詞。記得！聽懂問題才能精準挑出提問要的答案！這道題要問的是「兩個人要看幾點的電影」緊記住這個大方向，然後集中精神聽準「映画を見ます」（看電影）的時間。

▶ 首先是男同學回答的「5時」是練習足球結束的時間，而「7時」是到車站的時間，馬上除去圖3、4。但接下來女同學提出的「8時からのでいいですね」（看8點開始的場次，可以吧），因為她想在「11時」回家，男同學也贊成說「そうしましょう」（就這麼決定吧）知道答案是1了。

▶ 「8時から…、…帰りたいので」是倒裝句，原本應該是「11時には家に帰りたいので、8時からのでいいですね」。而其中的「ので」用來說明原因。

說法百百種詳見 ≫ P140-8

單字と文法

□ 二人 兩個人　□ 授業 上課，教課　□ 少し 一些　□ 会う 會面
□ 映画 電影　□ あと 之後　□ 遅い 遲、晚　□ てから 做…之後

解題關鍵と訣竅

【關鍵句】2冊だけでいいんですか。

▶ 先預覽這4個選項，知道對話內容的主題在「本」（書本）上，腦中馬上反應出「5冊、2冊、3冊、6冊」的唸法。這道題要問的是「男士今天借了幾本書？」要記住問的是「男士」。

▶ 這段對話中出現了3個助數詞，有「2冊、6冊、3冊」。其中「6冊」是圖書館最多可以借閱的本數及女士借閱本數，「3冊」是男士家裡還有的本數，都是干擾項，不是男士今天借的本數，可以邊聽邊在圖上打叉。而一開始男士說要的是「これとこれ」，再加上女士確認說只要「2冊」就好了嗎？知道「これとこれ＝2冊」，男士想借2本書。正確答案是2。

▶「まで」（最多…）表示限定數量的範圍；「大丈夫」（沒關係），表示許可。

▶「まだ〜ない」意思是「還沒…」；句尾的「から」表示原因，下面省略了結果「所以我借2本就好」；日語用「知っています」表示「我（早就）知道」，不用「知ります」。

單字と文法

□ 本 書籍　□ 好き 喜歡　□ まで …為止　□ まだ 還有
□ 何冊 幾本　□ だけ 僅僅　□ 大丈夫 沒問題，沒關係　□ 借りる 借入

きょうしつ おとこ せいと おんな せいと はな おとこ せいと
教室で男の生徒と女の生徒が話しています。男の生徒はこのあとどうしますか。

M：鈴木さん、この言葉の意味がわかりますか。

F：わかりませんね。辞書を見ましたか。

M：見ましたが、書いてありません。先生に聞きたいのですが、もう学校にいないので。

F：そうですか。どうしましょうか。

M：大丈夫です。急ぎませんから。あした、先生に聞きます。きょうはこのあとサッカーの練習があるので。それじゃあ、またあした。

F：またあした。

おとこ せいと
男の生徒はこのあとどうしますか。

【譯】有位男同學在教室裡正和一位女同學在說話。請問這位男同學接下來要做什麼事呢？	F：這樣哦，那怎麼辦呢？ M：沒關係，不急。我明天再問老師吧。我等一下要去練習足球。那就明天見囉。
M：鈴木同學，妳知道這個語詞的意思嗎？	F：明天見。
F：不知道耶。查過辭典了嗎？	請問這位男同學接下來要做什麼事呢？
M：我查過了，但是辭典沒有收錄。本來想請教老師，可是他已經離開學校了。	

がっこう おとこ せいと おんな せいと はな おんな せいと いま なに なら
学校で男の生徒と女の生徒が話しています。女の生徒は今、何を習っていますか。

M：山田さん、きょう授業が終わったあと、時間がありますか。

F：すみません、きょうはこのあとピアノを習いに行くので、時間がありません。

M：山田さんは絵も上手ですよね。絵も習っているんですか。

F：絵は習っていません。でも来月からは英語も習いに行きます。

M：大変ですね。

F：やりたいことがたくさんありますから。

おんな せいと いま なに なら
女の生徒は今、何を習っていますか。

【譯】有位男同學在學校裡正和一位女同學在說話。請問這位女同學現在正在學習什麼呢？

M：山田同學，今天放學後妳有空嗎？

F：不好意思，我等一下要去上鋼琴課，沒有空。

M：妳圖畫得也很好呢，也有在學繪畫嗎？

F：我沒有在學繪畫。不過我下個月開始要去上英文課。

M：好辛苦啊。

F：誰叫我想做的事情這麼多呢？

請問這位女同學現在正在學習什麼呢？

攻略的要點　要注意事情的先後順序！

翻譯與題解

もんだい 1

もんだい ❷

もんだい 3

もんだい 4

解題關鍵と訣竅

【關鍵句】きょうはこのあとサッカーの練習があるので。

▶ 這一題問題關鍵在「接下來要做什麼」，像這種題型題目中會出現好幾件事情來混淆考生，要注意這些動作的順序，選出一個準備最先做的事項。

▶ 首先對於詞語的意思男學生查了辭典，但辭典上沒有這個字，所以圖3是不正確的。接下來原本想問老師，但老師「もう学校にいないので」（已經離開學校了），且又補上「私明天再問老師吧」，所以圖2也不正確。最後關鍵在「きょうはこのあとサッカーの練習があるので」（等一下要去練習足球），這句話最後省略了「所以我現在要過去了」。圖3不正確，正確答案是圖4。

▶「～たい」表示說話者的心願、希望；「もう～ない」表示「已經沒有…」；「急ぎませんから」的「から」表示原因，這個倒裝句還原後是「急ぎませんから、大夫です」。

▶「どうしましょうか」暗示女學生想幫男學生的忙，要和他一起想辦法。如果用「どうしますか」，那就是置身事外，單純詢問男學生下一步該怎麼做的意思。

單字と文法

- □ 言葉 詞彙
- □ 辞書 字典
- □ 急ぐ 急迫
- □ また明日 明天見
- □ 意味 意思
- □ 書く 書寫
- □ サッカー【soccer】足球
- □ 分かる 曉得
- □ たい 想…
- □ 練習 練習

解題關鍵と訣竅

【關鍵句】きょうはこのあとピアノを習いに行くので、時間がありません。

▶ 針對「要點理解」的題型，要抓住設問的大方向，然後邊聽邊用刪除法，最後馬上進行判斷。這類試題一般比較長，內容多，但屬於略聽，要注意抓住談話主題、方向，跟關鍵詞語。

▶ 這道題要問的是「女同學現在正在學習什麼」。這段對話中，解題關鍵在前段就出現了「きょうはこのあとピアノを習いに行くので」（等一下要去上鋼琴課）。正確答案是圖2。至於，接下來的圖1「絵」被女同學否定了。而圖3「英語」是下個月才開始去上。整段對話並沒有提到書法，所以圖4也不正確。

▶「～に行く」表示為了某種目的前往。

單字と文法

- □ 習う 學習
- □ 上手 擅長
- □ こと 事情
- □ たあと 做了…之後
- □ 来月 下個月
- □ たくさん 很多
- □ ピアノ【piano】鋼琴
- □ 大変 辛苦

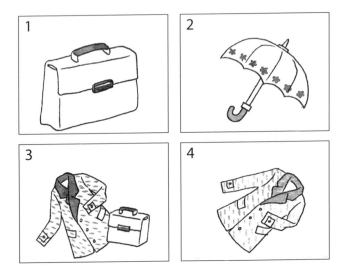

2-35 **35 ばん** 【答案跟解説：136 頁】　　　答え：① ② ③ ④

2-36 **36 ばん** 【答案跟解説：136 頁】　　　答え：① ② ③ ④

男の人と女の人が話しています。二人が話しているのはどの人ですか。

M：この前言っていた鈴木さんは、この写真の中のどの方ですか。

F：めがねをかけている人ですよ。

M：めがねをかけている人、3人いますよ。

F：背が高くて、髪が短い人です。

M：この人ですか。ああ、わたしも前にどこかで会いました。そのときは髪が長かったですね。

二人が話しているのはどの人ですか。

【譯】有位男士正和女士在說話。請問他們兩人正在談論的是哪一位呢？

M：妳上回提到的鈴木小姐，是照片中的哪一位呢？

F：是戴眼鏡的人喔。

M：這裡面有三個人都戴著眼鏡耶。

F：她長得高高的，頭髮短短的。

M：是這一位嗎？啊！我好像曾經在什麼地方見過她。那時她的頭髮是長的呢。

請問他們兩人正在談論的是哪一位呢？

男の人と女の人が話しています。男の人は何を女の人に渡しましたか。

M：ごめんください。

F：いらっしゃいませ。さあ、こちらへどうぞ。あ、かばんとコートはあちらへ置きましょう。

M：お願いします。あ、でもかばんは自分で持ちます。使いたいものが入っていますので。

F：そうですか。じゃあ、コートだけあちらに置きますね。

M：傘はどこに置きましょうか。

F：玄関に置いてください。ええ、それでいいですよ。さあ、どうぞこちらの部屋へ。

男の人は何を女の人に渡しましたか。

【譯】有位男士正和女士在說話。請問這位男士把什麼東西交給了這位女士呢？

M：請問有人在家嗎？

F：歡迎歡迎。來，請往這邊走。啊，公事包和大衣我幫您放在那邊吧。

M：麻煩了。啊，不過公事包我自己拿著就好，裡面放了我要用的東西。

F：這樣啊。那麼，就只有大衣放在這邊囉。

M：請問傘要放哪裡好呢？

F：請放在玄關。嗯，這樣就可以了。來，請進請進。

請問這位男士把什麼東西交給了這位女士呢？

攻略的要點 仔細聽對於人物的描述！

翻譯與題解

もんだい 1

もんだい ❷

もんだい 3

もんだい 4

解題關鍵と訣竅

【關鍵句】めがねをかけている人ですよ。
背が高くて、髪が短い人です。

▶ 看到這張圖，馬上反應是跟人物有關的，然後瞬間區別他們高矮胖瘦、頭髮長度、有無戴眼鏡上的不同。這道題問的是「他們兩人正在談論的是哪一位」，抓住這個大方向。

▶ 一聽到「めがねをかけている人」（是戴眼鏡的人），馬上刪去 4，剩下圖 1、2 跟 3 了，要馬上區別出他們的不同就在高矮胖瘦、頭髮長度了，最後的關鍵在女士說是「背が高くて、髪が短い人」（長得高高的，頭髮短短的），正確答案是 1。

▶ 至於男士後面說的曾經見過她，當時「髮が長かった」（頭髮是長的），是用來混淆考生，讓考生遺漏真正重要資訊的陷阱，要排除。

▶ 「めがねをかけている」也可以說成「めがねをしている」。而「めがねをかけます」是指「戴眼鏡」這個動作。

▶ 「どこかで」表示場所的不確定，可以翻譯成「在某個地方」；「方（かた）」是對「人」的尊稱。

說法百百種詳見 ▶▶ P140-9

單字と文法

□ 方 對人的尊稱　　□ かける 戴〔眼鏡〕　　□ 高い 高的　　□ 短い 短的

□ めがね 眼鏡　　□ 背 身高　　□ 髪 頭髮　　□ どこか 在什麼地方

解題關鍵と訣竅

【關鍵句】じゃあ、コートだけあちらに置きますね。

▶ 聽完整段對話，在提示的基礎上，抓住要點，是「要點理解」提型的特色。首先，預覽這四張圖，判斷對話中出現的東西應該會有「かばん、傘、コート」。這道題要問的是「男士把什麼東西交給了女士」，抓住這一大方向往下聽。

▶ 一開始女士表示「公事包和大衣我幫您放在那邊吧」，男士回答「麻煩了。啊，不過公事包我自己拿著就好」，表示他只有把大衣交給女士而已，可以消去 1 和 3，接下來女士說「コートだけあちらに置きますね」（只有大衣放在這邊），更確定答案是 4 了。至於「傘」，女士請男士直接放在玄關，表示他也沒有把傘交給女士，所以圖 2 也是不正確。

▶ 「自分で」的「で」（靠…）表示在某狀態下，做後項事情；「それでいいですよ」的「で」表示「在…的狀態下」。

單字と文法

□ 渡す 交付　　□ どうぞ 請　　□ 自分 自己

□ いらっしゃいませ 歡迎光臨　　□ かばん 皮包　　□ 傘 雨傘

□ さあ 表示勸誘，催促來；表躊躇的聲音　　□ コート【coat】大衣　　□ 玄関 玄關

□ あちら 那兒，那裡

おとこ ひと おんな ひと はな　　　　おとこ ひと　　　　ごご なに
男の人と女の人が話しています。男の人はきのうの午後何をしましたか。

M：きのうはいい天気でしたね。
てんき

Ｆ：そうでしたね。天気がよかったので、わたしは海に遊びに行きましたよ。鈴
てんき　　　　　　　　　　　　　　　うみ あそ い　　　　　すず
木さんは？
き

M：わたしは午前中は家でテレビを見ていましたが、午後から出かけました。
ごぜんちゅう いえ　　　　み　　　　　　　ごご で

Ｆ：どちらへ？

M：引っ越しをしたいので、新しい家を見に行きました。
ひ こ　　　　　　　　　　あたら いえ み い

Ｆ：そうですか。いい家がありましたか。
いえ

M：山の近くにある家に引っ越したいのですが、いいのがありませんでしたね。
やま ちか　　　　いえ ひ こ

おとこ ひと　　　　　　　　　ごご なに
男の人はきのうの午後何をしましたか。

【譯】有位男士正和女士在說話。請問這位男士昨天下午做了什麼事呢？

M：昨天天氣真不錯呢。

Ｆ：對呀。由於天氣晴朗，所以我去了海邊玩。鈴木先生你呢？

M：上午我在家看電視，下午有出門一趟。

Ｆ：去了哪裡呢？

M：我想搬家，所以我去看了新家。

Ｆ：這樣呀。有沒有找到不錯的房子呢？

M：我想要搬到離山不遠的房子，可惜沒看到好的物件。

請問這位男士在昨天下午做了什麼事呢？

おとこ ひと おんな ひと はな　　　　ふたり
男の人と女の人が話しています。二人はこのあとどうしますか。

M：美術館、おもしろかったですね。
びじゅつかん

Ｆ：ええ。来てよかったです。
き

M：でも疲れましたね。ちょっと休みませんか。駅の前にコーヒーのおいしい喫
つか　　　　　　　　　　　やす　　　　　　えき まえ　　　　　　　　　　　　きっ
茶店がありますよ。
さてん

Ｆ：いいですね。わたしも何か飲みたいです。でも、いいお天気だから、外で飲
なに の　　　　　　　　　てんき　　　　そと の
みたいですね。

M：そうですね。あっ、公園のとなりにちょうどお店がありますよ。あそこで
こうえん　　　　　　　　　　　　みせ
買って公園で飲みましょう。
か こうえん の

Ｆ：そうしましょう。

ふたり
二人はこのあとどうしますか。

【譯】有位男士正和女士在說話。請問這兩個人接下來打算做什麼呢？

M：美術館好有意思啊。

Ｆ：是啊，真是不虛此行。

M：不過我累了，要不要休息一下呢？車站前面有家咖啡廳的咖啡很棒喔。

Ｆ：好呀。我也正好口渴了。不過，今天天氣很好，我想在戶外喝飲料。

M：說得也是。啊，公園旁邊正好有家不錯的店，我們在那裡買一買，拿去公園喝吧。

Ｆ：就這麼辦。

請問這兩個人接下來打算做什麼呢？

解 題 關 鍵 と 訣 竅

【關鍵句】引っ越しをしたいので、新しい家を見に行きました。

▶ 這道題要抓住設問的主題在「男士昨天下午做了什麼事」，重點在「男士」。

▶ 由於一開始話題的重點在女士身上，談話方向很容易被混淆了，要冷靜抓住方向。可以在試卷上，簡單寫上「昨ごご、男、何を」，然後排除女士說的「海に遊びに行きました」。中間，男士說「家でテレビを見ていました」是男士昨天上午做的事，而「午後から出かけました」（下午有出門一趟），選項中沒有這張圖，集中注意力再往下聽。最後，男士終於說出答案，下午出門是為了看新家「新しい家を見に行きました」。 答案是 4。

▶ 對話中提到跟山有關的部分是「我想要搬到離山不遠的房子」，和登山沒關係，所以圖 3 不正確。

▶ 租屋時一定要實地看房子，因為房仲業者所提供的照片，都盡可能凸顯出房屋內部的寬敞跟明亮，所以務必親自走一趟，才能瞭解實際狀況及周遭環境。

單字と文法

□ 海 海邊　　　　□ 出かける 出門　　　□ どちら 哪裡　　　□ 近く 附近

□ 遊ぶ 遊玩　　　□ 引っ越す 搬家　　　□ 新しい 新的

解 題 關 鍵 と 訣 竅

【關鍵句】あっ、公園のとなりにちょうどお店がありますよ。あそこで
　　　　買って公園で飲みましょう。

▶ 這道題要問的是「兩個人接下來打算做什麼」。相同地，這道題也談論了許多的事情。

▶ 首先是針對美術館女士說「来てよかったです」（真是不虛此行），可以得知兩人剛剛去過美術館，不是接下來的要做的動作，所以圖 1 是不正確的。「喫茶店」被下一句「外で飲みたいですね」給否定了，圖 3 也不正確。男士最後建議說：「あそこで買って公園で飲みましょう」（在那裡買一買，拿去公園喝吧）。女士回應「そうしましょう」表示答應，知道答案是 2。

▶ ちょうど：數量、時間等，剛剛好；ちょっと：數量、程度或時間、距離等，一點點。

單字と文法

□ 美術館 美術館　　□ 休む 休息　　　　□ 飲む 喝　　　　□ ちょうど 剛好

□ おもしろい 有趣的　□ 喫茶店 咖啡店　　□ 外 外面　　　　□ 店 商店

□ ちょっと 稍微；一下子

もんだい2 説法百百種！

❶ 干擾說法

▸ あっ、ごめん、本棚の そば。
啊！抱歉，在書架的旁邊。

▸ ここの かばんの 中に ありました。
在這個皮包的裡面。

▸ テレビの 上じゃ なくて、あ、そうだ、机の 上です。
不在電視上面，啊！對了！在桌子上面。

❷ 東西內容說法

▸ 黒くて 大きい かばんです。
又黑又大的皮包。

▸ 中に 人形が 入って います。
裡面裝有洋娃娃。

▸ ほかには 花の ハンカチも ありました。
另外也有花色的手帕。

❸ 順序問題常用說法

▸ どの 順番で 食べますか。
吃的順序是哪個？

▸ 女の 人は この 後 どうしますか。
女性之後要做什麼？

▸ 学生たちは これから どうしますか。
學生們接下來做什麼？

❹ 形容東西必用說法

▶ この　丸い　かばんです。
就是這一個圓形皮包。

▶ 四角くて、大きい　黒い　かばんです。
它是四方形且又大又黑的皮包。

▶ この　丸いのは　いかがですか。
這個圓形皮包如何呢？

▶ ちょっと　小さいですね。それに　色が　白い　方が　いいですね。
有點小耶。況且顏色我比較喜歡白色的。

❺ 指示場所常用說法

▶ 上が　一つ、一番　下が　三つ。どうですか。
上面一個，最下面三個，這樣如何？

▶ いすは　テーブルの　前に　置いて　ください。
椅子請放在桌子前面。

▶ 本棚は　ソファの　横にね。
書架放沙發的旁邊喔！

❻ 過程中的干擾說法

▶ いえ、今週では　なくて、来週です。
不，不是這個星期，是下星期。

▶ いえ、７月じゃ　なくて、４月です。
不，不是７月，是４月。

▶ えっ、違います。明日までですよ。
咦！不是，是到明天為止唷！

❼ 天氣提問的常用說法

▶ 今日は　どんな　天気ですか。
今天天氣如何？

▶ 明日の　天気は、どう　なりますか。
明天天氣如何？

▶ 昨日の　朝、海は　どうでしたか。
昨天早上海邊狀況如何？

❽ 時間題型提問的說法

▶ 二人は　何時に　会いますか。
2人幾點碰面？

▶ 宿題は　何曜日までですか。
作業在星期幾前交？

▶ 男の　人は　いつ　京都に　行きますか。
男人什麼時候要去京都？

❾ 人物的外表的說法

▶ 白い　セーターと　黒い　ズボンです。
白色毛衣跟黑色褲子。

▶ 妹は　二年前、背が　低かったが、今は　私と　同じくらいです。
妹妹二年前個子雖矮，但現在跟我差不多高。

▶ あの　背の　高い、めがねを　かけて　いる　人。
那個個子高高的，戴眼鏡的人。

▶ それから　帽子を　かぶって　います。
另外還戴著帽子。

発話表現

測驗一面看圖示，一面聽取情境說明時，是否能夠選擇適切的話語。

考前要注意的事

▶ 作答流程 & 答題技巧

| 聽取說明 | 先仔細聽取考題說明 |

| 聽取問題與內容 | 學習目標是，一邊看圖，一邊聽取場景說明，測驗圖中箭頭指示的人物，在這樣的場景中，應該怎麼說呢？ |

預估有 5 題

1 提問句後面一般會用「何と言いますか」（要怎麼說呢？）的表達方式。

2 並提問及三個答案選項都在錄音中，而且句子都很不太長，因此要集中精神聽取狀況的說明，並確實掌握回答句的含義。

| 答題 | 作答時要當機立斷，馬上回答，答後立即進入下一題。 |

N5 聴力模擬考題 もんだい 3

もんだい3では、えを みながら しつもんを きいて ください。 やじるし（→）の ひとは なんといいますか。 1から3の なかから、 いちばん いいものを ひとつ えらんで ください。

(3-1) 1ばん 【答案跟解説：144 頁】 答え： ① ② ③

(3-2) 2ばん 【答案跟解説：144 頁】 答え： ① ② ③

(3-3) 3ばん 【答案跟解説：144 頁】 答え： ① ② ③

(3-4) 4ばん 【答案跟解説：146 頁】 答え：① ② ③

(3-5) 5ばん 【答案跟解説：146 頁】 答え：① ② ③

(3-6) 6ばん 【答案跟解説：146 頁】 答え：① ② ③

もんだい3　第❶題 答案跟解說　　　答案：1　3-1

ほかの人より先に会社を出ます。何と言いますか。

M：1．お先に失礼します。

　　2．お先にどうぞ。

　　3．いってらっしゃい。

【譯】當你要比其他同事先下班時，該說什麼呢？

M：1.我先走一步了。

　　2.您先請。

　　3.路上小心。

もんだい3　第❷題 答案跟解說　　　答案：3　3-2

「どの服がほしいですか」と聞きたいです。何と言いますか。

F：1．どこで買いますか。

　　2．だれが着ますか。

　　3．どちらがいいですか。

【譯】想要詢問對方想要哪件衣服時，該說什麼呢？

F：1.要去哪裡買呢？

　　2.是誰要穿的呢？

　　3.比較喜歡哪一件呢？

もんだい3　第❸題 答案跟解說　　　答案：2　3-3

もっと話を聞きたいです。何と言いますか。

F：1．でも？

　　2．それから？

　　3．そんな？

【譯】還想要繼續往下聽的時候，該說什麼呢？

F：1.可是？

　　2.然後呢？

　　3.怎麼會這樣呢？

攻略的要點　這一題要考的是職場的打招呼用語！

【關鍵句】<ruby>先<rt>さき</rt></ruby>に<ruby>会社<rt>かいしゃ</rt></ruby>を<ruby>出<rt>で</rt></ruby>ます。

▶ 這一題屬於寒暄語的問題，題目關鍵在「先に会社を出ます」。日本職場很注重規矩和禮儀，下班時的客套話「お先に失礼します」（我先走一步了）表示比同事還要早下班，真是不好意思，敬請原諒。這是正確答案。

▶ 選項 2「お先にどうぞ」表示請對方不用等候，可以先開動或離去。

▶ 選項 3「いってらっしゃい」是對應「行ってきます」（我出門了）的寒暄語，比較適合用在家裡，用來送家人等出門，含有「你去了之後要回來啊」的意思。

攻略的要點　注意指示詞和疑問詞！

【關鍵句】どの

▶ 這一題題目關鍵在連體詞「どの」，用來請對方做出選擇。這樣的問句中，應該要有詢問事物的疑問詞，例如二選一的「どちら」（哪一個）或從三個以上的事物中，選擇一個的「どれ」（哪個）。

▶ 選項 1「どこで買いますか」的「どこ」是「哪裡」的意思，用來詢問場所、地點。

▶ 選項 2「だれが着ますか」的「だれ」用來詢問人物是誰。

▶ 選項 3「どちらがいいですか」的「どちら」（哪一個東西）是用在二選一的時候，取代「どの＋名詞」。圖片中店員手上拿著兩件衣服做比較，所以用「どちら」，不用「どれ」。正確答案是 3。

說法百百種詳見 ≫ P172-1

攻略的要點　不能不知道「あいづち」！

【關鍵句】もっと<ruby>話<rt>はなし</rt></ruby>を<ruby>聞<rt>き</rt></ruby>きたい。

▶ 這一題屬於「あいづち」（隨聲附和）的問題。「あいづち」是為了讓對方知道自己正在聆聽，而以點頭、手勢等肢體語言，及一些字面上沒有意義的詞語來表示。使用時語調、時機都很重要。

▶ 選項 1「でも」（可是）表示轉折語氣，一般不用在疑問句上。

▶ 選項 2「それから？」表示催促對方繼續說下去，是「それからどうしたんですか」或「それからどうなったんですか」的意思。正確答案是 2。

▶ 選項 3「そんな？」如果是下降語調，表示強烈否定對方所說的話。

▶ 常用的「隨聲附和」還有：「ええ」（嗯）、「はい」（是）、「なるほど」（原來如此）等。

家に帰ります。友だちに何と言いますか。

F：1．それじゃ、また。

　　2．おじゃまします。

　　3．失礼しました。

【譯】要回家時，該向朋友說什麼呢？

F：1.那麼，下次見。

　　2.容我打擾了。

　　3.剛剛真是失禮了。

電話がかかってきました。初めに何と言いますか。

M：1．では、また。

　　2．どうも。

　　3．もしもし。

【譯】有人打電話來了，接起話筒時，第一句該說什麼呢？

M：1.那麼，再見。

　　2.謝謝。

　　3.喂？

山田さんは出かけています。何と言いますか。

M：1．山田さんは会社にいます。

　　2．山田さんは会社にいません。

　　3．山田さんはまだ会社に来ません。

【譯】山田先生現在外出中，該說什麼呢？

M：1.山田先生在公司。

　　2.山田先生不在公司。

　　3.山田先生還沒有來公司。

攻略的要點 這一題要考的是道別的寒暄語！

翻譯與題解

もんだい 1

もんだい 2

もんだい ❸

もんだい 4

【關鍵句】家に帰ります。

▶ 這一題問的是道別的寒暄用語。

▶ 和平輩或晚輩道別的時候除了可以說「さようなら」（再會），還可以用語氣相對輕鬆的「それじゃ、また」（那麼，下回見）或是「それでは、また」；向長輩道別可以用「さようなら」或「失礼します」（告辭了）。正確答案是1。

▶ 選項2「おじゃまします」是登門拜訪時，進入屋內或房內說的寒暄語。

▶ 選項3「失礼しました」是從老師或上司的辦公室告退，對自己打擾對方表示歉意時的說法。

攻略的要點 電話用語都會了嗎？

【關鍵句】初めに

▶ 這一題屬於電話用語問題。「もしもし」用在接起電話應答或打電話時候，相當於我們的「喂」。正確答案是3。

▶ 選項1「では、また」用在準備掛電話的時候，也可以說「それでは失礼します」（那麼請允許我掛電話了）。

▶ 選項2「どうも」是「どうもありがとう」（謝謝）或「どうもすみません」（真抱歉）的省略說法，語意會根據上下文而有所不同。

攻略的要點 換句話說的題型很常出現！

【關鍵句】出かけています。

▶ 這題關鍵在知道「出かけています=いません」（現在外出中=不在）。正確答案是2。像這種換句話說的方式經常在這一大題出現。用不同的表達方式說出同樣的意思，讓說話內容更豐富，也更有彈性。

▶ 選項1「山田さんは会社にいます」，中的「A（人物／動物）はB（場所）にいます」表示人或動物存在某場所。

▶ 選項3「山田さんはまだ会社に来ません」，中的「まだ～ません」（還沒…）表示事情或狀態還沒有開始進行或完成。

說法百百種詳見 ≫ P172-2

(3-10) 10 ばん 【答案跟解説：152 頁】　　　答え： ① ② ③

(3-11) 11 ばん 【答案跟解説：152 頁】　　　答え： ① ② ③

(3-12) 12 ばん 【答案跟解説：152 頁】　　　答え： ① ② ③

子供はきょう家に帰ってから勉強していません。何と言いますか。

F：1．宿題をしましたか。

　　2．宿題がおりましたか。

　　3．宿題をしますか。

【譯】孩子今天回家後就一直沒在唸書，這時該說什麼呢？

F：1.功課做了嗎？

　　2.功課在嗎？

　　3.要寫功課嗎？

レストランにお客さんが入ってきました。何と言いますか。

M：1．いらっしゃいませ。

　　2．ありがとうございました。

　　3．いただきます。

【譯】顧客走進餐廳裡了，這時該說什麼呢？

M：1.歡迎光臨。

　　2.謝謝惠顧。

　　3.我要開動了。

今から寝ます。何と言いますか。

M：1．おはようございます。

　　2．お休みなさい。

　　3．行ってきます。

【譯】現在要去睡覺了，這時該說什麼呢？

M：1.早安。

　　2.晚安。

　　3.我要出門了。

攻略的要點 小心時態的陷阱！

翻譯與題解

もんだい
1

もんだい
2

もんだい
❸

もんだい
4

【關鍵句】勉強していません。

▶ 從這張圖知道家長看到小孩「勉強していません」（沒在唸書），一般而言會問小孩功課寫了沒有。

▶ 選項1「宿題をしましたか」，「しました」是「します」的過去式，表示做功課這件事情已經完成，句尾「か」表示詢問小孩是否已做功課。「しました」也可以用「やりました」來取代。正確答案是1。

▶ 選項2沒有「宿題がおりましたか」這種講法。「おりました」是「いました」的謙讓表現，藉由貶低自己來提高對方地位的用法。

▶ 選項3「宿題をしますか」是詢問小孩有沒有做功課的意願，「～ます」表示未來、還沒發生的事。

【關鍵句】入ってきました。

▶ 這是店家招呼客人的寒暄語問題，題目關鍵在「入ってきました」，表示客人正要前來消費。

▶ 選項1「いらっしゃいませ」用在客人上門時，表示歡迎的招呼用語。

▶ 選項2「ありがとうございました」如果用在餐廳等服務業時，那就是在客人結完帳正要離開，送客同時表達感謝之意。

▶ 選項3「いただきます」是日本人用餐前的致意語，可以用來對請客的人或煮飯的人表示謝意，並非店家的用語。

▶ 日本人用餐前，即使只有自己一個人吃飯，也會說「いただきます」。

說法百百種詳見 ⋙ P172-3

【關鍵句】今から寝ます。

▶ 這一題屬於睡前的寒暄語問題，題目關鍵除了在「寝ます」（睡覺），也要能聽懂「今から」（現在正要去）的意思。

▶ 選項1「おはようございます」用在起床後或早上的問候語。

▶ 選項2「お休みなさい」用在睡前互道晚安時，有「我要睡了」的意思。

▶ 選項3「行ってきます」用在出門前跟家人，或在公司外出時跟同事說的問候語，有「我還會再回來」的意思，鄭重一點的說法是「行ってまいります」。

友だちの顔が赤いです。何と言いますか。

M：1．お休みなさい。

　　2．お元気で。

　　3．大丈夫ですか。

【譯】朋友的臉部發紅，這時該說什麼呢？

M：1.晚安。

　　2.珍重再見。

　　3.你沒事吧？

お客さんに飲み物を出します。何と言いますか。

F：1．どうも。

　　2．いただきます。

　　3．どうぞ。

【譯】端出飲料招待客人時，該說什麼呢？

F：1.謝謝。

　　2.那我就不客氣了。

　　3.請用。

友だちの家に着きました。何と言いますか。

M：1．ごめんください。

　　2．ごめんなさい。

　　3．さようなら。

【譯】抵達朋友家時，該說什麼呢？

M：1.不好意思，打擾了。

　　2.對不起。

　　3.再見。

解 題 關 鍵 と 訣 竅--

【關鍵句】顔が赤いです。

▶ 題目關鍵在「顔が赤いです」，當別人生病或看起來不太對勁時，要用選項3「大丈夫ですか」來表示關心。

▶ 選項1「お休みなさい」用在睡前互道晚安時，有「我要睡了」的意思。也用在晚上見面後要離開的道別語。

▶ 選項2「お元気で」是向遠行或回遠方的人說的道別語，有與對方將有很長的一段時間見不到面的含意。

說法百百種詳見 ≫ P172-4

解 題 關 鍵 と 訣 竅--

【關鍵句】お客さんに飲み物を出します。

▶ 這一題關鍵在說話者是招呼客人的主人。

▶ 選項1「どうも」是「どうもありがとうございます」（多謝）或「どうもすみません」（真抱歉）的省略說法，語意會根據上下而有所不同。

▶ 選項2「いただきます」是日本人用餐前習慣說的致意語，表示對請客者或煮飯者的謝意。

▶ 選項3「どうぞ」用在請對方不要客氣，「請用，請吃，請喝」的意思。更客氣的說法是「どうぞお召し上がりください」。

解 題 關 鍵 と 訣 竅--

【關鍵句】友だちの家に着きました。

▶ 選項1「ごめんください」是在拜訪時，客人在門口詢問「有人嗎？打擾了」，希望有人出來應門的時候。正確答案是1。

▶ 選項2「ごめんなさい」用在對關係比較親密的人，做錯事請求對方原諒的時候。

▶ 選項3「さようなら」是道別的寒暄語。

▶ 到日本人家裡作客，可不要擇日不如撞日喔！一定要事先約好時間，去的時候最好帶些點心之類的伴手禮，更顯得禮貌周到喔！

(3-16) 16 ばん　【答案跟解說：158頁】　　　答え：① ② ③

(3-17) 17 ばん　【答案跟解說：158頁】　　　答え：① ② ③

(3-18) 18 ばん　【答案跟解說：158頁】　　　答え：① ② ③

向こうから車が来ています。何と言いますか。

F：1．大変ですよ。

　　2．おもしろいですよ。

　　3．危ないですよ。

【譯】前面有車子駛近時，該說什麼呢？

F：1.真糟糕啊！
　　2.很有趣呢！
　　3.危險啊！

鈴木さんはきょう20歳になりました。何と言いますか。

M：1．今年もよろしくお願いします。

　　2．お誕生日おめでとうございます。

　　3．今までありがとうございました。

【譯】鈴木小姐今天滿二十歲，這時該說什麼呢？

M：1.今年仍請繼續指教。
　　2.祝妳生日快樂。
　　3.感謝妳長久以來的照顧。

きのう食べたものが悪かったです。気持ちが悪いです。お医者さんは何と言いますか。

F：1．それはすみませんね。

　　2．それは大変ですね。

　　3．それは悪いですね。

【譯】昨天吃壞了肚子，覺得反胃，醫生聽了該說什麼呢？

F：1.那真是不好意思耶。
　　2.那真是糟糕呢。
　　3.那真是很壞呢。

【關鍵句】向こうから車が来ています。

▸ 前面有來車，在緊急情況下提醒對方注意安全，可以說「危ないですよ」。

▸ 選項1「大変ですよ」表示程度很大，如「大変暑い」（很熱）；十分辛苦；大事件等意思。用於本題不恰當。

▸ 選項2「おもしろいですよ」表示事物新奇有趣、非常吸引人。

【關鍵句】きょう 20 歳になりました。

▸「きょう20歳になりました＝きょうはお誕生日（今天是生日）」那麼就應該用祝福對方的「お誕生日おめでとうございます」。「おめでとうございます」是常用的祝賀語，相當於「恭喜！恭喜！」。

▸ 選項1「今年もよろしくお願いします」是新年期間祝賀對方新年好，有「今年也請多多關照」之意的祝賀詞。

▸ 選項3「今までありがとうございました」用來感謝對方一直以來的照顧，經常用在搬家等情況，有「再碰面的機會不多」的含意。

【關鍵句】気持ちが悪いです。

▸ 面對吃壞肚子的病患，醫生該怎麼表示關心呢？通常對有病痛或遭遇到厄運、困難的人，可以用「それは大変ですね」表示關心，這句話也含有感同身受的意思。

▸ 選項1「それはすみませんね」用在心裡覺得過意不去，向對方道歉的時候。和「それはすみません」相比，語尾多了一個「ね」就少了些正式的感覺。

▸ 選項3「それは悪いですね」是這題的陷阱。「悪い」是與善、美相對的。但我們可能把「それは悪いですね」直接用中文邏輯思考成「那真是不好了」，實際上「不好了」的意思比較接近日語的「大変」（不妙）。

ほしいカメラがあります。お店の人に何と言いますか。

M：1．それください。
　　2．結構です。
　　3．こちらへどうぞ。

【譯】想買某台相機時，該對店員說什麼呢？
M：1.請給我那台。
　　2.不用了。
　　3.請往這邊走。

トイレに行きたいです。何と言いますか。

M：1．ちょっと出かけてきます。
　　2．いってらっしゃい。
　　3．お手洗いはどこですか。

【譯】想要去廁所時，該說什麼呢？
M：1.我出門一下。
　　2.路上小心。
　　3.請問洗手間在哪裡呢？

赤ちゃんが生まれました。何と言いますか。

M：1．おめでとうございます。
　　2．ありがとうございます。
　　3．これからもよろしくお願いします。

【譯】有人生小孩了，這時該說什麼呢？
M：1.恭喜。
　　2.謝謝。
　　3.往後還請繼續指教。

攻略的要點　常見的購物用語要記牢！

【關鍵句】ほしい

▶ 題目關鍵在聽懂「ほしい」（想要）的意思。跟店員表示想要（買）某某東西，可以說「それ（を）ください」。其中，格助詞「を」在口語中常被省略掉。

▶ 選項2「結構です」有許多意思，用在購物時面對店員的推銷，表示「不用了，謝謝」，語含「我已經有了，不需要更多了」是一種客氣的拒絕方式。

▶ 選項3「こちらへどうぞ」用在帶位或指引方向時。「こちらへ」（往這邊），加上「どうぞ」（請），讓整句話顯得更客氣了。

說法百百種詳見 ▶▶ P173-5

攻略的要點　同義詞是解題關鍵！

【關鍵句】トイレ

▶ 這一題關鍵在能聽懂「トイレ（廁所）＝お手洗い（洗手間）」，後者說法較為文雅。表示想上廁所可以說「お手洗いはどこですか」，也可以說「お手洗いはどこにありますか」。

▶ 選項1「ちょっと出かけてきます」表示暫時外出，一會兒就回來。

▶ 選項2「いってらっしゃい」是在家人或公司同事要出門前，表示「路上小心、一路順風、慢走」的問候語。它是對「行ってきます」（我出門了）的回覆。

▶ どこ：指場所。どちら：指方向。

攻略的要點　道賀用「おめでとうございます」就對了！

【關鍵句】赤ちゃんが生まれました。

▶ 這一題關鍵在聽懂「赤ちゃんが生まれました」，知道這是一件喜事。

▶ 選項1「おめでとうございます」用在道賀對方有喜事，比如結婚或考取學校，當然也包括小孩誕生。

▶ 選項2「ありがとうございます」用在道謝。

▶ 選項3「これからもよろしくお願いします」表示希望對方今後也多多關照、多多指導之意。

(3-22) 22 ばん 【答案跟解説：164 頁】　　　　　　答え：① ② ③

(3-23) 23 ばん 【答案跟解説：164 頁】　　　　　　答え：① ② ③

(3-24) 24 ばん 【答案跟解説：164 頁】　　　　　　答え：① ② ③

道で、きょう学校に来なかった友だちに会いました。何と言いますか。

F：1．いつ休みましたか。

　　2．なぜ休みましたか。

　　3．だれが休みましたか。

【譯】在路上碰到今天沒來學校的朋友，該說什麼呢？

F：1.什麼時候沒去上學的呢？

　　2.為什麼沒去上學呢？

　　3.是誰沒去上學呢？

「何歳ですか」と聞きたいです。何と言いますか。

M：1．おいくつですか。

　　2．おいくらですか。

　　3．いかがですか。

【譯】想要詢問對方的年齡時，該說什麼呢？

M：1.請問您幾歲呢？

　　2.請問多少錢呢？

　　3.您覺得如何呢？

ごはんを食べました。何と言いますか。

F：1．ごちそうさまでした。

　　2．いただきます。

　　3．ごめんください。

【譯】吃完飯後，該說什麼呢？

F：1.我吃飽了。

　　2.我要開動了。

　　3.請問有人在家嗎？

解題關鍵と訣竅

【關鍵句】きょう学校に来なかった友だち…。

▶ 這一題關鍵在聽懂「学校に来なかった」（沒來學校）＝「学校を休んだ」（沒去上學）。「なぜ」是用來詢問原因、理由的疑問詞，和「どうして」（為什麼）、「なんで」（為什麼）意思相同。

▶ 選項1「いつ休みましたか」的「いつ」（什麼時候）用在詢問日期及時間，但從題目已經知道是「今天」沒來學校，所以邏輯上說不通。

▶ 選項3「だれが休みましたか」的「だれ」（誰）用來詢問是哪個人。

▶ 疑問詞「なぜ」說法較為正式，可以用在書面語；疑問詞「どうして」含有「你應該這樣做，但是為什麼沒做」的責備語氣；「なんで」說法較為隨便，不適合用於對長輩。

說法百百種詳見 ▶▶ P173-6

解題關鍵と訣竅

【關鍵句】何歳

▶ 這一題關鍵在聽懂「何歳（幾歲）=いくつ（幾歲）」。「いくつ」（幾歲）除了詢問年齡，還可以詢問東西的數量。前面加「お」有美化作用，讓句子更委婉客氣。

▶ 選項2「おいくらですか」，「いくら」用來詢問價格或數量，前面加「お」有美化作用，讓句子更委婉客氣。

▶ 選項3「いかがですか」用來詢問狀況或徵詢意見，和「どうですか」意思相同，只是「いかが」說法更為鄭重有禮。

▶ いくつ：多用於詢問數量、年齡。いくら：多用於詢問價錢。

解題關鍵と訣竅

【關鍵句】ごはんを食べました。

▶ 這一題題目關鍵在聽懂「ごはんを食べました」（吃完飯後），日本人習慣說哪一句寒暄致意詞。

▶ 選項1「ごちそうさまでした」是日本人用餐結束時感謝主人款待的寒暄致意詞，感謝的對象可以是神明、烹調料理的人、請客的人，甚至是食物本身。

▶ 選項2「いただきます」是用餐前日本人慣用的致意詞，表示對請客的人、煮飯的人或食物本身謝意。

▶ 選項3「ごめんください」是拜訪時，客人在門口的致意寒暄語，意思是「有人嗎？打擾了」。

說法百百種詳見 ▶▶ P174-7

困_{こま}っている人_{ひと}がいます。何_{なん}と言_いいますか。

M：1．どうしますか。

　　2．どうしましたか。

　　3．どちら様_{さま}ですか。

【譯】看到有人需要幫助時，該說什麼呢？

M：1.打算怎麼辦呢？
　　2.怎麼了嗎？
　　3.請問是哪一位呢？

昼_{ひる}、バス停_{ていし}で知_しっている人_{ひと}に会_あいました。何_{なん}と言_いいますか。

F：1．こんばんは。

　　2．さようなら。

　　3．こんにちは。

【譯】白天在公車站牌遇到認識的人時，該說什麼呢？

F：1.晚安，你好。
　　2.再會。
　　3.午安。

会社_{かいしゃ}にお客_{きゃく}さんが来_きました。何_{なん}と言_いいますか。

M：1．こちらへどうぞ。

　　2．お休_{やす}みなさい。

　　3．失礼_{しつれい}しました。

【譯】有顧客來公司拜訪時，該說什麼呢？

M：1.請往這邊走。
　　2.晚安。
　　3.剛剛真是失禮了。

解題關鍵と訣竅

【關鍵句】困_{こま}っている。

▸ 這一題題目關鍵在聽懂「困っている」，表示有人需要協助。

▸ 選項1「どうしますか」用在詢問對方準備要怎麼做。

▸ 選項2「どうしましたか」，用在當對方看起來很困擾、有問題，而表示關心的時候，也可以說「どうかしましたか」，或是語氣更委婉客氣的「どうなさいましたか」。

▸ 選項3「どちら様ですか」用在詢問對方的身分，比「だれですか」（你是誰）說法還要客氣有禮。

解題關鍵と訣竅

【關鍵句】昼_{ひる}

▸ 這一題題目關鍵在知道「昼」（白天），要用哪個問好、打招呼的問候語。

▸ 選項1「こんばんは」這是晚上在外面遇到認識的人或陌生人時說的問候語。含有平安的過了一天，今晚又是一個美好的夜晚之意。

▸ 選項2「さようなら」用在跟長輩、平輩及晚輩道別的時候。

▸ 選項3「こんにちは」這是用在中午至日落之間，遇到認識的人或陌生人說的問候語。

說法百百種詳見 ⋙ P174-8

解題關鍵と訣竅

【關鍵句】お客_{きゃく}さんが来_きました。

▸ 這一題題目關鍵在聽懂「お客さんが来ました」時如何應對。

▸ 選項1「こちらへどうぞ」，用來帶領客人前往接待室的時候。

▸ 選項2「お休みなさい」用在睡前互道晚安，有「我要睡了」的意思

▸ 選項3「失礼しました」是從老師或上司的辦公室告退時，表示打擾了的致意詞。
這句話也用表示道歉的時候。三個選項當中只有1最合適。

(3-25) 25 ばん 【答案跟解説：168 頁】 答え：① ② ③

(3-26) 26 ばん 【答案跟解説：168 頁】 答え：① ② ③

(3-27) 27 ばん 【答案跟解説：168 頁】 答え：① ② ③

(3-28) 28 ばん 【答案跟解説：170 頁】　　　答え：① ② ③

(3-29) 29 ばん 【答案跟解説：170 頁】　　　答え：① ② ③

(3-30) 30 ばん 【答案跟解説：170 頁】　　　答え：① ② ③

パーティーに行く時間ですが、仕事がまだ終わりません。何と言いますか。

F：1．すみません、ひまです。

　　2．すみません、時間がありません。

　　3．すみません、行きたくありません。

【譯】出發前往派對的時間到了，卻無法從工作抽身，該說什麼呢？

F：1.對不起，我很閒。

　　2.對不起，我沒有時間。

　　3.對不起，我不想去。

わたしの家はこの道の先にあります。タクシーの運転手さんに何と言いますか。

M：1．ここを曲がってください。

　　2．まっすぐ行ってください。

　　3．ここで止まってください。

【譯】我家就在這條路的前方，該如何　　2.請直走。
　　　告訴計程車司機呢？　　　　　　3.請在這裡停止。

M：1.請在這裡轉彎。

字が小さくてよく見えません。何と言いますか。

F：1．めがねを貸してください。

　　2．きれいな字ですね。

　　3．難しい漢字ですね。

【譯】字太小看不清楚時，該說什麼呢？

F：1.請借我眼鏡。

　　2.真是漂亮的字啊。

　　3.這個漢字好難喔。

攻略的要點 要注意禮貌問題！

翻譯與題解

もんだい 1

もんだい 2

もんだい ❸

もんだい 4

解題關鍵と訣竅

【關鍵句】仕事がまだ終わりません。

▶ 這一題題目關鍵在聽懂「仕事がまだ終わりません」，句型「まだ〜ません」表示「還沒⋯」，要能判斷因此無法前往派對現場。

▶ 選項1「ひまです」表示自己有時間，和題意完全相反。

▶ 選項2「時間がありません」表示自己無法抽空前往。適合用在關係比較親密的朋友之間。

▶ 選項3「行きたくありません」直接表達了自己沒有前往的意願，是直接欠缺禮貌的拒絕方式。「〜たくありません」是「不想⋯」的意思。

說法百百種詳見 ≫ P174-9

攻略的要點 關鍵是聽懂「この道の先にあります」！

解題關鍵と訣竅

【關鍵句】この道の先にあります。

▶ 這一題題目關鍵在聽懂「道の先」（路的前方），所以抵達目的地的方式是選項2「まっすぐ行ってください」（請直走）。

▶ 選項1「ここを曲がってください」用在交岔路口，請司機轉彎的時候。

▶ 選項3「ここで止まってください」，「止まる」是自動詞，是「自己停下來」的意思，但計程車是靠人駕駛，所以不正確。如果要表達「請在這裡停車」要說「ここで（車を）止めてください」，「止める」是他動詞，意思是「讓⋯停下來」。

▶ 自2007年開始了台日雙邊承認駕照，持有台灣駕照以及其翻譯就可以在日本開車囉！

攻略的要點 即使不懂「見えません」也可以用刪去法作答！

解題關鍵と訣竅

【關鍵句】よく見えません。

▶ 這一題題目關鍵在聽懂「よく見えません」的意思。「見える」意思是「看得到」，字太小看不清楚時怎麼辦呢？這時候可以請求對方「めがねを貸してください」（請借我眼鏡）。

▶ 選項2「きれいな字ですね」和選項3「難しい漢字ですね」都跟「看不清楚字」這件事無關，所以都不正確。

<ruby>新<rt>あたら</rt></ruby>しい<ruby>漢字<rt>かんじ</rt></ruby>を<ruby>習<rt>なら</rt></ruby>っています。<ruby>何<rt>なん</rt></ruby>と<ruby>言<rt>い</rt></ruby>いますか。

M：1．どう<ruby>読<rt>よ</rt></ruby>みますか。

　　2．どう<ruby>見<rt>み</rt></ruby>ますか。

　　3．だれが<ruby>書<rt>か</rt></ruby>きましたか。

【譯】學習新漢字時，可以怎麼說呢？
M：1.請問該怎麼唸呢？
　　2.請問該怎麼看呢？
　　3.請問是誰寫的呢？

もっとごはんを<ruby>食<rt>た</rt></ruby>べたいです。<ruby>何<rt>なん</rt></ruby>と<ruby>言<rt>い</rt></ruby>いますか。

F：1．もう1<ruby>杯<rt>ぱい</rt></ruby>ください。

　　2．ごちそうさまでした。

　　3．もうおなかいっぱいです。

【譯】還想吃更多米飯時，該說什麼呢？
F：1.請再添一碗給我。
　　2.承蒙招待了。
　　3.我已經吃得很飽了。

<ruby>会議<rt>かいぎ</rt></ruby>をしている<ruby>部屋<rt>へや</rt></ruby>に<ruby>入<rt>はい</rt></ruby>ります。<ruby>何<rt>なん</rt></ruby>と<ruby>言<rt>い</rt></ruby>いますか。

M：1．どうぞよろしく。

　　2．お<ruby>先<rt>さき</rt></ruby>に<ruby>失礼<rt>しつれい</rt></ruby>します。

　　3．<ruby>失礼<rt>しつれい</rt></ruby>します。

【譯】要進入正在開會的會議室時，該說什麼呢？
M：1.多多指教。
　　2.請容我先回去了。
　　3.容我失禮了。

解題關鍵と訣竅

【關鍵句】新^{あたら}しい漢字^{かん じ}

▶ 選項1「どう読みますか」，用在詢問漢字的唸法，也可以說「何と読みますか」（請問該唸作什麼呢）。

▶ 選項2「どう見ますか」是個大陷阱，因為「読（よ）みます」和「見（み）ます」只差一個音，很容易混淆，要小心喔！

▶ 選項3「だれが書きましたか」詢問寫字的人是誰。句型「だれが～」用在詢問「是誰…」的時候。

解題關鍵と訣竅

【關鍵句】もっと

▶ 這一題關鍵在是否知道「もっと＝もう」，兩者都是還要更多之意。

▶ 選項1「もう1杯ください」表示請對方再添一碗飯，「もう」有「在這之上還要」的意思。也可以說「もう少しください」（請再給我一些）或「おかわり」（再來一碗）。

▶ 選項2「ごちそうさまでした」用餐結束時表示吃飽了，同時禮貌性地表達謝意。

▶ 選項3「もうおなかいっぱいです」表示自己吃不下了，語意不符。「もう～」是「已經…」的意思，「いっぱい」有滿滿地的意思。這句話「おなか」，後面省略了格助詞「が」。

解題關鍵と訣竅

【關鍵句】入^{はい}ります。

▶ 這一題題目關鍵在聽懂「入ります」（進入）。進入開會中的會議室，一般用「失礼します」或是「おじゃまします」（打擾了）來致意。「失礼します」用在要打擾對方，例如進入開會中的會議室、上司或老師的辦公室時，先表達歉意的寒暄語。

▶ 選項1「どうぞよろしく」是第一次見面的問候語，表示初次見面，言行如有不當請多包涵，同時有懇請關照、指導之意。後面加上「お願いします」更有禮貌。

▶ 選項2「お先に失礼します」表示比同事早下班，真是不好意思，敬請原諒。「お先に」有「先走一步」的意思。

もんだい3 說法百百種！

❶ 店員確認常用說法

▶ はい、六つですね。
好的，6個是吧！

▶ はがき 5枚ですね。
明信片5張是吧！

▶ はい、アイスクリーム 二つ。コップは 六つですね。
好的，冰淇淋2個，杯子6個是吧！

❷ 重要的關鍵詞語

▶ ここを 押して ください。→写真を 撮ります。
請按下這裡。→照相。

▶ 次の 駅で 降ります。→電車か バスなどに 乗ります。
在下一站下車。→搭乘電車或是公車之類的交通工具。

▶ 少し 短く して ください→髪を 切って います。
請剪短一些。→剪頭髮。

▶ 航空便で お願いします→手紙を 出して います。
我寄航空郵件。→寄信。

❸ 客人點完東西店員常用說法

▶ はい。分かりました。
好的，我知道了。

▶ はい。少々 お待ち ください。
好的，請稍等一下。

▶ はい。ただいま。
好的，馬上來。

❹ 關鍵詞語

▶ それは　いけませんね。
　那真是糟糕。

▶ お大事に。
　請多多保重。

❺ 決定要買或不買的說法

▶ それを　ください。
　請給我這個。

▶ これ、お願いします。
　請給我這個，謝謝。

▶ ええ、これに　します。
　恩，我要這個。

▶ これは　ちょっと…。
　這個實在有點不太…。

❻ 問原因的說法

▶ どうして　お兄さんと　けんかしますか？
　為什麼和哥哥吵架呢？

▶ なぜ　食べないの？
　為麼不吃呢？

▶ 何で　あの人が　嫌いなんですか？
　為什麼會討厭那個人呢？

❼ 和吃飯有關的說法

▶ いただきます。
那我就不客氣了。

▶ ごちそうさまでした。
多謝您的款待，我已經吃飽了。

▶ おかわりください。
請再來一碗。

❽ 日常招呼寒暄語

▶ おはようございます
早安。

▶ こんにちは
日安。

▶ こんばんは
晚上好。

▶ さよなら
再見。

▶ おやすみなさい
晚安。

❾ 用「…が　ありませんから」表示原因的說法

▶ お金が　ありませんから。
因為沒有錢。

▶ 時間が　ありませんから。
因為沒時間。

▶ 仕事が　ありますから。
因為有工作。

即時応答

測驗於聽完簡短的詢問之後，是否能夠選擇適切的應答。

考前要注意的事

▶ 作答流程 & 答題技巧

聽取說明	先仔細聽取考題説明

聽取問題與內容	這是全新的題型。學習目標是，聽取詢問、委託等短句後，立刻判斷出合適的答案。

預估有 6 題

▸ 提問及選項都在錄音中，而且都很簡短，因此要集中精神聽取會話中的表達方式及語調，確實掌握問句跟回答句的含義。

答題	作答時要當機立斷，馬上回答，答後立即進入下一題。

N5 聴力模擬考題 もんだい 4

もんだい 4 では、えなどが ありません。ぶんを きいて、1 から 3 の なかから、
いちばん いいものを ひとつ えらんで ください。

(4-1) 1ばん　【答案跟解説：178 頁】　　　答え：① ② ③

- メモ -

(4-2) 2ばん　【答案跟解説：178 頁】　　　答え：① ② ③

- メモ -

(4-3) 3ばん　【答案跟解説：178 頁】　　　答え：① ② ③

- メモ -

答え：① ② ③

- メモ -

（4-5）**5ばん** 【答案跟解説：180頁】

答え：① ② ③

- メモ -

（4-6）**6ばん** 【答案跟解説：180頁】

答え：① ② ③

- メモ -

もんだい4 第 ❶ 題 答案跟解說　　答案：2　　4-1

F：寒いですね。

M：1．ストーブを消しましょう。

　　2．ストーブをつけましょう。

　　3．窓を開けましょう。

【譯】F：真是冷呀。

　　　M：1．把暖爐關掉吧。

　　　　　2．把暖爐打開吧。

　　　　　3．把窗戶打開吧。

もんだい4 第 ❷ 題 答案跟解說　　答案：1　　4-2

F：映画、どうでしたか。

M：1．つまらなかったです。

　　2．妻と行きました。

　　3．駅の前の映画館です。

【譯】F：那部電影好看嗎？

　　　M：1．乏味極了。

　　　　　2．我是和太太一起去的。

　　　　　3．就是在車站前的那家電影院。

もんだい4 第 ❸ 題 答案跟解說　　答案：1　　4-3

F：1つ、どうですか。

M：1．ありがとうございます。

　　2．どういたしまして。

　　3．どうぞ。

【譯】F：要不要嚐一個呢？

　　　M：1．謝謝。

　　　　　2．不客氣。

　　　　　3．請用。

攻略的要點　知道「ストーブ」這個單字嗎？

解 題 關 鍵 と 訣 竅 -------------------------------

【關鍵句】寒い

▶ 本題首先要聽懂「寒い」（冷），當對方表示很冷，就是希望找到保暖的方法，這時我們可以回答：「ストーブをつけましょう」（把暖爐打開吧）。

▶「ストーブを消しましょう」或「窓を開けましょう」，目的都是讓溫度變低，與題意的主旨相反，不正確。「…ましょう」則是來探詢對方的意願，可以翻譯成「…吧」。

說法百百種詳見 ➡ P212-1

攻略的要點　用疑問詞「どう」詢問狀況或感想！

解 題 關 鍵 と 訣 竅 -------------------------------

【關鍵句】どうでしたか。

▶ 這一題題目關鍵在聽懂「どうでした」的意思，「どう」用來詢問感想或狀況，所以回答應該是針對電影的感想。

▶ 選項1「つまらなかったです」形容電影很無聊。因為是表達自己看過之後的感想，所以要注意必須用過去式た形。

▶ 選項2「妻と行きました」，問題應該是「映画、だれと行きましたか」（電影是和誰去看的），其中「だれ」（誰）用來詢問對象。

▶ 選項3「駅の前にある映画館です」，問題應該是「映画、どこで見ましたか」（電影是在哪裡看的），其中「どこ」（哪裡）用來詢問場所位置。

▶ 幾個常見的電影種類有：「アクション映画」（動作片）、「SF映画」（科幻片）、「コメディ」（喜劇）、「サスペンス映画」（懸疑片）、「時代劇」（歷史劇）、「ホラー映画」（恐怖片）、「ドキュメント映画」（記錄片）

攻略的要點　「一つ、どうですか」用在請對方吃東西的時候！

解 題 關 鍵 と 訣 竅 -------------------------------

【關鍵句】1つ、どうですか。

▶「1つ、どうですか」，也可以說成「1つ、いかがですか」，用來勸對方喝酒或吃東西。面對他人的好意，回答通常是選項1「ありがとうございます」。

▶ 選項2「どういたしまして」主要用在回應別人的謝意。當對方跟您道謝時可以用這句話來回答。「どういたしまして」含有我並沒有做什麼，所以不必道謝的意思。

▶ 選項3「どうぞ」是請對方不要客氣，允許對方做某件事。

▶ いかが：詢問對方的意願、意見及狀態。なぜ：詢問導致某狀態的原因。

M：この手紙、アメリカまでいくらですか。

F：1．10時間ぐらいです。

2．300円です。

3．朝8時ごろです。

【譯】M：請問這封信寄到美國需要多少郵貲呢？

F：1．大約10個小時左右。

2．300圓。

3．早上8點前後。

M：こちらへどうぞ。

F：1．お帰りなさい。

2．またあした。

3．失礼します。

【譯】M：請往這邊走。

F：1．您回來啦。

2．明天見。

3．失禮了。

M：テスト、どうでしたか。

F：1．難しかったです。

2．若かったです。

3．小さかったです。

【譯】M：考試如何呢？

F：1．很難。

2．很年輕。

3．很小。

攻略的要點 「いくらですか」問的是價錢！

【關鍵句】いくらですか。

▶ 這一題題目關鍵在「いくらですか」，這句話專門詢問價格，也可以用「いくらかかりますか」詢問。回答應該是「300円です」（300日圓）或其他價格數字。

▶ 選項1「10時間ぐらいです」（大約10個小時左右），此選項的問題應該是「この手紙、アメリカまでどれぐらい時間がかかりますか」，詢問需要多少時間。

▶ 選項3「朝8時ごろです」，此選項的問題應該是「この手紙、いつアメリカに届きますか」，用來詢問抵達時間。

▶「ごろ」vs「ぐらい」，「ごろ」表示大概的時間點，一般接在年月日和時間點的後面。「ぐらい」用在無法預估正確數量或數量不明確的時候；也用於對某段時間長度的推估。

攻略的要點 「こちらへどうぞ」用在帶位或指引方向！

【關鍵句】こちらへどうぞ。

▶「こちらへどうぞ」用在帶位或指引方向，通常可以回答「おじゃまします」（打擾了）或「失礼します」（失禮了）。

▶ 選項1「お帰りなさい」是對「ただいま」（我回來了）的回應。「ただいま」（我回來了）是到家時的問候語，用在回家時對家裡的人說的話。也可以用在上班時間，外出後回到公司時，對自己公司同仁說的話。

▶ 選項2「またあした」用在和關係親近的人的道別，表示明天還會和對方見面。語氣較輕鬆，可以對平輩或朋友使用。「またあした」是跟隔天還會再見面的朋友道別時最常說的話。

攻略的要點 常出現的イ形容詞和ナ形容詞要背熟！

【關鍵句】テスト

▶ 這一題題目關鍵在詢問「テスト」的感想或結果。

▶ 選項1「難しかったです」用來形容考試很難，因為是表示自己考過之後的感想，所以用過去式た形。

▶ 選項2「若かったです」（以前很年輕）和選項3「小さかったです」（以前很小），形容詞「若い」和「小さい」都不適合形容考試之後的感想，所以不合題意。

- メ モ -

- メ モ -

- メ モ -

- メモ -

- メモ -

- メモ -

M：どれがいいですか。

F：1．では、そうしましょう。

　　2．これ、どうぞ。

　　3．<ruby>赤<rt>あか</rt></ruby>いのがいいです。

【譯】M：你想要哪一個呢？

　　　F：1.那麼，就這麼辦吧。

　　　　　2.請用這個吧。

　　　　　3.我想要紅色的。

F：もう<ruby>家<rt>いえ</rt></ruby>に<ruby>着<rt>つ</rt></ruby>きましたか。

M：1．まだです。

　　2．まっすぐです。

　　3．またです。

【譯】F：已經到家了嗎？

　　　M：1.還沒。

　　　　　2.直走。

　　　　　3.又來了。

M：このハンカチ、<ruby>伊藤<rt>いとう</rt></ruby>さんのですか。

F：1．こちらこそ。

　　2．どういたしまして。

　　3．いいえ、<ruby>違<rt>ちが</rt></ruby>います。

【譯】M：請問這條手帕是伊藤小姐妳的嗎？

　　　F：1.我才該道謝。

　　　　　2.不客氣。

　　　　　3.不，不是的。

184

【關鍵句】どれがいい。

▶ 「どれがいい」是在詢問對方意見，「どれ」用在希望對方從幾個選項當中挑出一個，它的回答通常是「～がいいです」（…比較好）。

▶ 選項 3「赤いのがいいです」，這裡的「の」用來取代「どれ」代表的東西，沒有實質意義。

▶ 選項 1「では、そうしましょう」表示贊成對方的提議，「～ましょう」表示積極響應對方的提議或邀約。

▶ 選項 2「これ、どうぞ」用於客氣地請對方使用或享用某種東西。

說法百百種詳見 ≫ P212-2

【關鍵句】もう

▶ 本題題目關鍵在「もう」以及單字的重音。如果已經到家，可以回答「はい、着きました」，如果快到家了，就回答「もうすぐです」，如果還沒到家，可以回答「まだです」（還沒）。

▶ 選項 2「まっすぐです」和「もうすぐです」的發音相近，請注意不要搞混。

▶ 選項 3「またです」和「まだです」聽起來也很相似，「また」是 0 號音，「まだ」是 1 號音。再加上清音「た」和濁音「だ」的區別在，清音不震動聲帶，濁音需震動聲帶，這些發音上的微妙的差異，請仔細聽，並小心陷阱。

▶ 「また」（又）vs「まだ」（還、尚）。「また」表示同一動作再做一次、同一狀態又反覆一次；又指附加某事項。「まだ」指某種狀態還沒達到基準點或目標值；指某狀態不變一直持續著。

說法百百種詳見 ≫ P212-3

【關鍵句】伊藤さんのですか。
（いとう）

▶ 「伊藤さんのですか」，針對這種 ” yes or no” 的問題，回答應該是肯定句或否定句。

▶ 選項 1「こちらこそ」是回應對方的道謝，同時也表示己方謝意的客套說法。例如當對方說「いつもお世話になっています」，我們可以回答「いいえ、こちらこそ」（哪裡，我才是一直在麻煩您呢）。

▶ 選項 2「どういたしまして」用在回應對方的謝意。

▶ 選項 3「いいえ、違います」用在否定對方說的話。

M：お誕生日おめでとうございます。

F：1．ごちそうさまでした。

　　2．ごめんなさい。

　　3．ありがとうございます。

【譯】M：祝你生日快樂。

　　F：1.承蒙招待了。

　　　　2.對不起。

　　　　3.謝謝。

M：よくここで食事しますか。

F：1．ええ、お昼はいつもここです。

　　2．ええ、12時からです。

　　3．ええ、行きましょう。

【譯】M：你常來這裡吃飯嗎？

　　F：1.嗯，我總是在這裡吃午餐。

　　　　2.嗯，從12點開始。

　　　　3.嗯，我們走吧。

F：うちの猫、見ませんでしたか。

M：1．見ていますよ。

　　2．見ませんでしたよ。

　　3．見たいですね。

【譯】F：有沒有看到我家的貓呢？

　　M：1.我正在看呢。

　　　　2.我沒看到耶。

　　　　3.真想看看呢。

攻略的要點 以道謝回應別人的祝賀！

【關鍵句】おめでとうございます。

▶ 這一題題目關鍵是「おめでとうございます」，當別人祝賀自己時，我們通常回答「ありがとうございます」。

▶ 選項1「ごちそうさまでした」用餐結束時，表示吃飽了，同時禮貌性地表示感謝。

▶ 選項2「ごめんなさい」用於道歉。這是用在覺得自己有錯，請求對方原諒的時候。

攻略的要點 不知道怎麼回答的時候就推敲原本的問句吧！

【關鍵句】よく…しますか

▶ 這一題題目關鍵在「よく～しますか」（常常…嗎），回答應該是肯定句或否定句。

▶ 選項1「ええ、お昼はいつもここです」（嗯，我總是在這裡吃午餐）是肯定句，若是否定句則說「いいえ、あまり」（不，我不常來）。

▶ 選項2「ええ、１２時からです」（嗯，從１２點開始）的提問應該是「１２時からですか」（是從１２點開始嗎），用來確認時間。

▶ 選項3「ええ、行きましょう」（嗯，我們走吧）的提問應該是「行きましょうか」（我們走吧），用來表示邀約。

攻略的要點 注意時態！

【關鍵句】見ませんでしたか。

▶ 這一題題目關鍵是「見ませんでしたか」（有看到嗎），目的是找尋失物。

▶ 選項1「見ていますよ」（我正在看呢）表示此時此刻正在看，或是平常就一直都在看。

▶ 選項2「見ませんでしたよ」（我沒看到耶）。此回答用在本題，表示不知道貓的去向，如果知道貓的去向就用「見ましたよ」（我有看到喔）。

▶ 選項3「見たいですね」（真想看看呢），「～たいです」用來表達說話者的願望、希望。

▶ 如果在日本被偷東西怎麼辦？信用卡被偷或遺失，馬上請銀行停卡。然後跟派出所、警察署提出被盜被害申報。

(4-13) 13 ばん 【答案跟解説：190 頁】 　　　答え：① ② ③

- メモ -

(4-14) 14 ばん 【答案跟解説：190 頁】 　　　答え：① ② ③

- メモ -

(4-15) 15 ばん 【答案跟解説：190 頁】 　　　答え：① ② ③

- メモ -

【4-16】**16 ばん** 【答案跟解説：192 頁】　　　　　　　答え：① ② ③

- メモ -

【4-17】**17 ばん** 【答案跟解説：192 頁】　　　　　　　答え：① ② ③

- メモ -

【4-18】**18 ばん** 【答案跟解説：192 頁】　　　　　　　答え：① ② ③

- メモ -

F：これ、私がしましょうか。

M：1．こちらこそ。

　　2．ごめんください。

　　3．お願いします。

【譯】F：這個我來做吧。

　　　M：1．我才該道謝。

　　　　　2．有人在家嗎？

　　　　　3．麻煩你了。

M：ちょっと辞書を貸してくださいませんか。

F：1．どうぞ。

　　2．どうも。

　　3．結構です。

【譯】M：請問可以借用一下辭典嗎？

　　　F：1．請用。

　　　　　2．謝謝。

　　　　　3．不必了。

M：母はきのうから病気で寝ています。

F：1．それはよかったですね。

　　2．それは大変ですね。

　　3．それはおもしろいですね。

【譯】M：家母從昨天開始就臥病在床。

　　　F：1．那真是太好了啊。

　　　　　2．那真是不妙啊。

　　　　　3．那真是有趣啊。

【關鍵字】私がしましょうか。

▶「私がしましょうか」（這個我來做吧）。對方想要幫忙，如果願意就回答「お願いします」（麻煩你了），不願意就回答「結構です」（不必了）、「いいです」（不用了）或「大丈夫です」（不要緊）。

▶ 選項1「こちらこそ」是回應對方道謝，同時表示己方謝意的客套說法。例如當對方說「いつもお世話になっています」（一直以來都承蒙照顧了），我們可以回答「いいえ、こちらこそ」（哪裡，我才是一直在麻煩您呢）。

▶ 選項2「ごめんください」（有人在家嗎）用於登門拜訪的時候。

【關鍵字】貸してくださいませんか。

▶「～てくださいませんか」是想請對方做某件事情的敬語說法，比「～てください」更為客氣。句首加上「ちょっと」則使語氣更柔軟。如果願意借給對方則可以回答「どうぞ」（請用）。

▶ 選項2「どうも」的用法廣泛，通常用來表達感謝或道歉，但並不適用於本題。

▶ 選項3「結構です」若為肯定用法是「很好」的意思，表示贊同或讚賞。若為否定用法則是「不必了」的意思，用來拒絕對方的好意。

【關鍵字】病気で寝ています。

▶ 本題首先要聽懂「病気で寝ています」（臥病在床）。當對方提到發生了糟糕的事，可以回應自己的關心、慰問或同情，說「それは大変ですね」（那真是不妙啊），或是「えっ、どうしたんですか」（咦？怎麼了嗎）。

▶ 選項1「それはよかったですね」用於回應對方發生好事的時候。

▶ 選項3「それはおもしろいですね」用於回應對方分享趣事的時候。

▶ 在日本就醫若有健保，醫療費大約是1500日圓～2500日圓（不含藥費）；若沒有健保，大約需要5000圓～8500日圓。

說法百百種詳見 ▶▶ P212-4

M：すみません、鈴木さんですか。

F：1．はい、鈴木です。お元気で。

　　2．はい、鈴木です。さようなら。

　　3．はい、鈴木です。初めまして。

【譯】M：不好意思，請問是鈴木小姐嗎？

　　　F：1.是，我是鈴木，請保重。

　　　　2.是，我是鈴木，再見。

　　　　3.是，我是鈴木，幸會。

M：ちょっと風邪をひきました。

F：1．大丈夫ですか。

　　2．ごめんなさい。

　　3．お休みなさい。

【譯】M：我有點感冒了。

　　　F：1.你沒事吧？

　　　　2.對不起。

　　　　3.晚安。

M：パーティーはもう終わりましたか。

F：1．まだやっていますよ。

　　2．たくさん人が来ましたよ。

　　3．楽しかったですよ。

【譯】M：派對已經結束了嗎？

　　　F：1.還在進行喔。

　　　　2.有很多人來參加呢。

　　　　3.玩得很盡興喔。

解 題 關 鍵 と 訣 竅 --------------------------------

【關鍵字】すみません、鈴木さんですか。

▶ 本題題目關鍵在「鈴木さんですか」（請問是鈴木小姐嗎），暗示對話中的兩人可能是初次見面或是彼此不熟悉，所以可以回答「初めまして」（幸會）。如果不確定如何應對，本題也可以用刪去法選出答案。

▶ 選項1「お元気で」（請多保重）和選項2「さようなら」（再會）都是道別時的寒暄語，不適合用於本題。

▶ 「すみません」可以用於做錯事時請求對方原諒，也用於打聽詢問、請人辦事或借過的時候。是為了感謝對方為自己做某事所說的話。

解 題 關 鍵 と 訣 竅 --------------------------------

【關鍵字】風邪をひきました。

▶ 本題題目關鍵在「風邪をひきました」（感冒了）。別人生病時，我們應該說「大丈夫ですか」或「お大事に」（請多保重）以表示關心、慰問。比「お大事に」更有禮貌的說法是「どうぞお体をお大事になさってください」（請多保重您的身體）。

▶ 選項2「ごめんなさい」是道歉用語。

▶ 選項3「お休みなさい」是睡前的寒暄語，有「我要睡了」的意思。

解 題 關 鍵 と 訣 竅 --------------------------------

【關鍵字】もう終わりましたか。

▶ 這一題題目關鍵在「もう終わりましたか」（已經結束了嗎），「～もう」是「已經」的意思，回答應為肯定句或否定句。若是結束了可以說「はい、終わりました」（對，結束了），若還沒結束則可以說「まだやっていますよ」（還在進行哦）或「まだ終わっていません」（還沒結束）。

▶ 選項2「たくさん人が来ましたよ」（有很多人來參加呢）則是回答參加派對的人數。

▶ 選項3「楽しかったですよ」（玩得很盡興哦），因為是過去式た形，所以本句是出席派對的人對派對的感想，原問句應該是「パーティーはどうでしたか」（派對如何呢？）

(4-19) 19 ばん 【答案跟解説：196 頁】　　　　　答え：① ② ③

- メ モ -

(4-20) 20 ばん 【答案跟解説：196 頁】　　　　　答え：① ② ③

- メ モ -

(4-21) 21 ばん 【答案跟解説：196 頁】　　　　　答え：① ② ③

- メ モ -

- メモ -

- メモ -

- メモ -

模擬試験

もんだい 1

もんだい 2

もんだい 3

もんだい ❹

F：ありがとうございました。

M：1．どういたしまして。

　　2．どうぞ、こちらへ。

　　3．初めまして。

【譯】F：謝謝。

　　　M：1.不客氣。

　　　　　2.請往這邊走。

　　　　　3.幸會。

M：どれぐらい図書館にいましたか。

F：1．9時から開いていますよ。

　　2．バスで10分ぐらいです。

　　3．3時間ぐらいです。

【譯】M：你在圖書館裡待多久了呢？

　　　F：1.9點開呀。

　　　　　2.搭公車大約10分鐘左右。

　　　　　3.大約3個小時。

F：コーヒー、いかがですか。

M：1．いただきます。

　　2．350円です。

　　3．よろしく。

【譯】F：要不要來杯咖啡呢？

　　　M：1.那我就不客氣了。

　　　　　2.350圓。

　　　　　3.請多指教。

攻略的要點 ▸ 用「不客氣」來回應對方的道謝！

【關鍵字】ありがとうございました。

▶ 「ありがとうございました」是對過去已經發生的事情表示謝意，通常以「どういたしまして」來回答。

▶ 選項2「どうぞ、こちらへ」用於帶位或指引方向的時候。

▶ 選項3「初めまして」是第一次見面的寒暄語。

▶ 「どうぞ」是恭敬地向對方表示勸誘、請求、委託的用法。

攻略的要點 ▸ 「どれぐらい」在這邊是詢問時間長短！

【關鍵字】どれぐらい

▶ 本題題目關鍵是「どれぐらい」（大概多少）和「いました」，「どれぐらい」用以詢問不確定的數量，本題用於詢問時間長短。「いました」是「いる」（待／在）的過去式，所以應該回答「３時間ぐらいです」。

▶ 選項1「９時から開いていますよ」的提問應該是「図書館は何時からですか」（圖書館幾點開呢），詢問開放時間。

▶ 選項2「バスで10分ぐらいです」的提問應該是「図書館までどれぐらいの時間がかかりますか」（到圖書館要多久呢），以詢問所需時間。

攻略的要點 ▸ 面對別人請客的時候該說什麼？

解 題 關 鍵 と 訣 竅 --

【關鍵字】いかがですか。

▶ 這一題題目關鍵是「いかがですか」（如何呢），這句話常用於詢問對方的意願或推薦別人某種東西，如果願意接受可以回答「いただきます」或「お願いします」，若不需要，則可回答「結構です」（多謝好意）或「どうぞお構いなく」（請別費心）。

▶ 選項2「350円です」的提問應該是「コーヒー、いくらですか」（咖啡多少錢），用來詢問價錢。

▶ 選項3「よろしく」是麻煩別人做事或初次見面的寒暄語，更客氣的說法是「よろしくお願いします」。

M：すみません、あと 10 分ぐらいかかります。

F：1. 失礼しました。

　　2. 大丈夫ですよ。

　　3. どういたしまして。

【譯】M：不好意思，我還要花上 10 分鐘左右。

　　　F：1. 剛剛真的失禮了。

　　　　　2. 沒關係的。

　　　　　3. 不客氣。

F：校長先生はどの方ですか。

M：1. 元気ですよ。

　　2. とてもいい方です。

　　3. 前のいすに座っている方です。

【譯】F：請問哪一位是校長呢？

　　　M：1. 我很好呀。

　　　　　2. 他待人非常和善。

　　　　　3. 就是坐在前方椅子上的那一位。

M：あしたの朝、9時に事務所に来てください。

F：1. はい、わかりました。

　　2. はい、ごゆっくりどうぞ。

　　3. はい、来ました。

【譯】M：請於明天早上 9 點來事務所。

　　　F：1. 好的，我知道了。

　　　　　2. 好的，請慢慢來。

　　　　　3. 好的，已經到了。

翻譯與題解

もんだい 1

もんだい 2

もんだい 3

もんだい ❹

解題關鍵と訣竅

【關鍵字】あと 10 分<ruby>分<rt>ぶん</rt></ruby>ぐらいかかります。

▶ 本題的關鍵是回應道歉，題目「あと10分ぐらいかかります」（我還要花上10分鐘左右），暗示要請對方稍等，若要回應這句話表示沒有關係，除了可以說「大丈夫ですよ」（沒關係的），也可以回答「分かりました」（我知道了）或「どうしたんですか」（發生什麼事了嗎）。

▶ 選項1「失礼しました」用於道歉。

▶ 選項3「どういたしまして」用在回應對方的謝意。

▶「どういたしまして」vs「大丈夫」，「どういたしまして」是不用客氣，這不算什麼的意思。「大丈夫」是堅固、可靠；沒問題，沒關係的意思。前者是表達不用謝的自謙語；後者是表示對事物有把握。

解題關鍵と訣竅

【關鍵字】どの<ruby>方<rt>かた</rt></ruby>

▶ 這一題題目關鍵是「どの方」（哪一位），「どの」用於請對方在一群事物當中選出一個。「方」是對「人」的尊敬說法，唸法是「かた」，不是「ほう」，「どの方」比「だれ」（誰）更有禮貌。這題是在詢問人物，所以應該回答「前のいすに座っている方です」（就是坐在前方椅子上的那一位）。

▶ 選項2「とてもいい方です」（他待人非常和善）的提問應該是「校長先生はどんな方ですか」（校長是怎樣的人呢），用「どんな」（怎樣的）來詢問有關校長的情報。

▶ 選項1「元気ですよ」的提問應該是「校長先生はご機嫌いかがですか」（校長您近來如何），目的在詢問校長本人近況。如果是詢問其他人有關校長的近況，則應該回答「元気そうですよ」（校長看起來很好），用「～そうです」避免主觀的斷定，這也是日語的特色之一。

說法百百種詳見 ▶▶ P213-5

解題關鍵と訣竅

【關鍵字】<ruby>事務所<rt>じむしょ</rt></ruby>に<ruby>来<rt>き</rt></ruby>てください。

▶ 本題題目關鍵是「～てください」（請…），此為下指示或命令的句型，如果服從或答應對方的請託，就回答「はい、わかりました」。

▶ 選項2「はい、ごゆっくりどうぞ」則是請對方不要著急，事情可以慢慢處理的意思。

▶ 選項3「はい、来ました」是指自己已經抵達事務所。用於本題不合常理，好像轉眼之間就到了隔天早上9點。

(4-25) 25 ばん 【答案跟解説：202 頁】　　　　　　答え：① ② ③

- メモ -

(4-26) 26 ばん 【答案跟解説：202 頁】　　　　　　答え：① ② ③

- メモ -

(4-27) 27 ばん 【答案跟解説：202 頁】　　　　　　答え：① ② ③

- メモ -

【4-28】 **28 ばん** 【答案跟解説：204 頁】　　　　　　答え：① ② ③

- メモ -

【4-29】 **29 ばん** 【答案跟解説：204 頁】　　　　　　答え：① ② ③

- メモ -

【4-30】 **30 ばん** 【答案跟解説：204 頁】　　　　　　答え：① ② ③

- メモ -

M：テスト 100 点でしたよ。

F：1．じゃ、お元気で。

　　2．大変でしたね。

　　3．よくできましたね。

【譯】M：我考 100 分耶！

　　　F：1．那請多加珍重。

　　　　　2．那真是辛苦你了。

　　　　　3．你真厲害呀。

M：すみません、お先に失礼します。

F：1．はい。ではまたあした。

　　2．こちらこそ。

　　3．こんばんは。

【譯】M：不好意思，我先走一步。

　　　F：1．好的，那麼明天見。

　　　　　2．我才該道謝。

　　　　　3．晚上好。

F：郵便局、どこですか。

M：1．行きたかったです。

　　2．駅の近くです。

　　3．おもしろかったですよ。

【譯】F：郵局在哪裡呢？

　　　M：1．我好想去喔。

　　　　　2．在車站附近。

　　　　　3．很有趣唷。

攻略的要點　這一題考的是讚美別人的説法！

解題關鍵と訣竅

【關鍵字】100点（てん）

▶ 本題題目關鍵在「100点」，當對方說自己拿滿分，可以回答「よくできましたね」來稱讚對方。

▶ 選項1「じゃ、お元気で」用於道別的時候，同時也暗示了將有很長一段時間見不到面。

▶ 選項2「大変でしたね」，如果對方是說「毎日10時間勉強した甲斐あって、テスト100点でしたよ」（不枉費我每天唸10個小時的書，我考100分耶）強調自己好不容易才拿到高分，才可以回答「大変でしたね」（真是辛苦你了）。

攻略的要點　「お先に失礼します」是職場常用的寒暄語！

解題關鍵と訣竅

【關鍵字】お先（さき）に失礼（しつれい）します。

▶ 這一題題目關鍵在「お先に失礼します」（我先走一步），這句話常用於下班時，和還留在公司的同事道別。回答是「ではまた明日」（那明天見）或「お疲れさまでした」（辛苦了）。

▶ 選項2「こちらこそ」是回應對方的道謝，同時也表示己方謝意的客套說法。

▶ 選項3「こんばんは」用於晚上，向認識的人打招呼的寒暄語。

攻略的要點　「どこ」用來詢問位置或場所！

解題關鍵と訣竅

【關鍵字】どこですか。

▶ 這一題題目關鍵在「どこですか」（在哪裡呢），用以詢問郵局的所在位置，所以回答應該是場所地點。可以答「駅の近くです」。

▶ 選項1「行きたかったです」（我好想去哦）不合題意，「～たかったです」表示說話者曾經有某種希望、心願。

▶ 選項3「おもしろかったですよ」（很有趣哦）是對某件事物發表的心得感想，和場所位置無關。

▶ 日本郵局辦理的業務有很多，如出售郵票、明信片和現金掛號信封、受理國外的各種郵件，還有各種儲蓄跟匯款業務。

說法百百種詳見 ▶▶▶ P213-6

M：これを上田さんに渡してください。

F：1．知っています。

　　2．わかりました。

　　3．持っています。

【譯】F：請將這個轉交給上田先生。

　　　M：1.我早就知道。

　　　　　2.我知道了。

　　　　　3.我有這個東西。

F：どうしましたか。

M：1．きょうはちょっと疲れました。

　　2．黒色のコートがいいです。

　　3．上田さんも一緒に行きますよ。

【譯】F：你怎麼了？

　　　M：1.今天有點累了。

　　　　　2.黑色的外套比較好看。

　　　　　3.上田先生也會一起去喔。

F：つよしくんはいくつですか。

M：1．100円です。

　　2．4つです。

　　3．お兄ちゃんです。

【譯】F：小強現在幾歲了呢？

　　　M：1.100圓。

　　　　　2.4歲。

　　　　　3.是哥哥。

【關鍵字】渡^{わた}してください。

▶ 這一題題目關鍵在「～てください」（請…），此為下指示或命令的句型，如果服從或答應對方的請託，就回答「わかりました」。

▶ 選項2「知っています」是指自己早就知道有這回事。「我知道」這句話通常不用「知ります」，而是用「知っています」的形式來表達。

▶ 選項3「持っています」於本題答非所問。

▶「承知しました」和「かしこまりました」都是「わかりました」的禮貌説法。

【關鍵字】どうしましたか。

▶「どうしましたか」（你怎麼了）是看到對方的身體狀況有異樣，或態度、樣子跟平常不太一樣時，用以詢問狀況的説法。對方的回答應該是解釋自己的異狀，像是「きょうはちょっと疲れました」（今天有點累了）。

▶ 選項2「黒色のコートがいいです」（黑色外套比較好看）的提問應該是「何色のコートがいいですか」（什麼顏色的外套好呢）。

▶ 選項3「上田さんも一緒に行きますよ」於本題答非所問。

說法百百種詳見 ≫ P214-7

解 題 關 鍵 と 訣 竅

【關鍵字】いくつ

▶ 這一題題目關鍵在「いくつ」，「いくつ」可以用於詢問數量或年齡。本題因為主詞是人，所以應是問小強幾歲，回答應為表達年齡的「４つです」，也可以說「４歲です」。

▶ 選項1表示價錢的「100円です」和選項3表示輩分的「お兄ちゃんです」在本題都是答非所問。

說法百百種詳見 ≫ P214-8

(4-31) 31 ばん 【答案跟解説：208 頁】　　　　　答え：① ② ③

- メモ -

(4-32) 32 ばん 【答案跟解説：208 頁】　　　　　答え：① ② ③

- メモ -

(4-33) 33 ばん 【答案跟解説：208 頁】　　　　　答え：① ② ③

- メモ -

【4-34】 34 ばん 【答案跟解説：210 頁】　　　　　　　　答え：① ② ③

- メモ -

【4-35】 35 ばん 【答案跟解説：210 頁】　　　　　　　　答え：① ② ③

- メモ -

【4-36】 36 ばん 【答案跟解説：210 頁】　　　　　　　　答え：① ② ③

- メモ -

M：小さいお皿もいりますか。

F：1．ごちそうさまでした。

　　2．もうおなかいっぱいです。

　　3．はい、お願いします。

【譯】M：小盤子也需要嗎？

　　　F：1．承蒙招待了。

　　　　　2．我已經吃得很飽了。

　　　　　3．對，麻煩你了。

M：学生はどれぐらい来ていましたか。

F：1．大勢いました。

　　2．教えています。

　　3．とてもいい子達ですよ。

【譯】M：學生大概來了多少人呢？

　　　F：1．有非常多人。

　　　　　2．正在教。

　　　　　3．都是些乖孩子唷。

F：絵がとても上手ですね。

M：1．どういたしまして。

　　2．ありがとうございます。

　　3．よくできましたね。

【譯】F：你圖畫得真好。

　　　M：1．不客氣。

　　　　　2．謝謝。

　　　　　3．畫得真棒呀。

攻略的要點 這一題的回答應該是肯定句或否定句！

解 題 關 鍵 と 訣 竅

【關鍵字】いりますか。

▶ 本題題目關鍵是「いりますか」（需要嗎），用以詢問對方是否有需要。如果需要則可以回答「はい、お願いします」或「いります」（我要）。

▶ 選項1「ごちそうさまでした」用於用餐結束時，感謝神明、煮飯的人、請客的人或食物本身。

▶ 選項2「もうおなかいっぱいです」於本題答非所問。「もう〜」是「已經…」的意思，句子是「もうおなかがいっぱいです」，格助詞「が」常常會被省略掉。

說法百百種詳見 ≫ P214-9

攻略的要點 「どれぐらい」用來詢問數量！

解 題 關 鍵 と 訣 竅

【關鍵字】どれぐらい

▶ 這一題題目關鍵在「どれぐらい」（多少），用以詢問不明確的數量，可以回答「大勢いました」（有非常多人）。

▶ 選項2「教えています」（正在教）可以說明自己是以教書為生，也可以表達現在正在教學，於本題答非所問。

▶ 選項3「とてもいい子達ですよ」（都是些乖孩子哦）的提問應該是「学生はどうですか」（學生如何呢），用以詢問學生的素質。

▶「大勢」vs「沢山」，「大勢」是很多人，人數很多。「沢山」是很多、大量，多到不再需要。

攻略的要點 面對別人的稱讚就用「ありがとうございます」來回應！

解 題 關 鍵 と 訣 竅

【關鍵字】絵がとても上手ですね。

▶ 這一題題目關鍵在「上手ですね」，是稱讚別人的話。面對別人的讚美可以大方回答「ありがとうございます」，或是謙虛地說「まだまだです」（我還差得遠呢）、「そんなことありませんよ」（沒有這回事啦）。

▶ 選項1「どういたしまして」是面對別人的道謝作出的回應。

▶ 選項3「よくできましたね」通常是老師、家長用來稱讚學生、小孩表現很好的說法。

F：たくさん食べてください。

M：1．行ってきます。

　　2．いただきます。

　　3．ごちそうさまでした。

【譯】M：請多吃一點。

　　　F：1.我要出門了。

　　　　2.我要開動了。

　　　　3.承蒙款待。

M：あしたから家族で旅行に行きます。

F：1．それはいいですね。

　　2．それはどうも。

　　3．では、お元気で。

【譯】M：我們全家人明天要去旅行。

　　　F：1.真好。

　　　　2.真是感謝。

　　　　3.那麼，請多保重。

F：映画は何時に始まりますか。

M：1．6時半です。

　　2．6時半までです。

　　3．今は6時半です。

【譯】F：電影從幾點開始呢？

　　　M：1.6點半。

　　　　2.到6點半結束。

　　　　3.現在是6點半。

【關鍵字】たくさん食_たべてください。

▶ 這一題的題目是「たくさん食べてください」（請多吃一點），可見這應該是請對方吃飯的情況。日本人用餐前習慣講「いただきます」，用以表達對請客的人或煮飯的人的謝意。

▶ 選項1「行ってきます」是將出門的人説的話，暗示自己還會再回來。在家的人則回應「いってらっしゃい」（路上小心）。

▶ 選項2「ごちそうさまでした」是用餐結束時，感謝主人款待的致意詞。

【關鍵字】家族_{かぞく}で旅行_{りょこう}に行_いきます。

▶ 如果對方提到要出遊，我們可以回應「それはいいですね」（真好）、「いってらっしゃい」（路上小心）、「楽しんできてくださいね」（要好好玩喔）。

▶ 選項2「それはどうも」是「それはどうもありがとうございます」（那真是感謝）或「それはどうもすみません」（那真是對不起）的省略説法。

▶ 選項3「では、お元気で」用在道別、離別，表示將有很長一段時間無法和對方見面，用在本題不太恰當。

▶「どうも」加在「ありがとう」等客套話前面，有加重語氣的作用。「それはどうもありがとうございます」有強調感謝的意思。

【關鍵字】何時_{なんじ}に始_{はじ}まりますか。

▶ 本題題目關鍵是「何時に始まりますか」，用以詢問電影的開場時間。「に」用於表達確切的時間點，所以回答也應該要是一個明確的時間。

▶ 選項1「６時半です」直接點出時間是6點半，前面省略了「映画は」。這句話也可以改成「６時半に始まります」（6點半開始）。

▶ 選項2「６時半までです」，「まで」用以表示範圍，可以翻譯成「到…」。本題問的是開始時間，不是結束時間，所以是錯的。

▶ 選項3「今は６時半です」説明現在的時間是6點半，和電影本身無關，本句中「は」的作用是帶出整句話的主題。

もんだい4 說法百百種!

❶ 1 用「……ましょう」表示邀約的說法

▶ 昼ご飯は、南公園で 食べましょう。
中餐到南公園吃吧。

▶ 一緒に 出ませんか？
要不要一起走？

▶ 何か 飲みますか？
要喝些什麼嗎？

❷ 2 跟店員等要東西常用的說法

▶ すみません。お茶 ください。
麻煩，給我茶。

▶ はがきを 5枚、お願いします。
請給我明信片5張。

▶ すみません、この かばん ください。
麻煩你，我要這個皮包。

❸ 3 指示場所常用說法

▶ まっすぐ 行きます。
直走。

▶ 次の 角を 左に 曲がります。
下一個轉角左轉。

▶ 信号を 渡ります。
過紅綠燈。

❹ 4 給予關心、慰問或表示同情的說法

▶ それは　大変ですね。
那真是糟糕呢。

▶ えっ、どうしたんですか？
咦？怎麼了嗎？

▶ 大丈夫ですか？
你沒事吧？

▶ お大事に。
請多保重。

❺ 5 人物的動作的說法

▶ 手を　上げて　いる　人。
舉著手的人。

▶ コーヒーを　飲んでる　人。
喝著飲料的人。

▶ タバコを　吸ってる　人。
抽著煙的人。

❻ 6 場所題型提問說法

▶ 帽子は　どこで　売って　いますか。
哪裡有賣帽子？

▶ 本屋は　どこに　ありますか。
書店在哪裡？

▶ タクシーは　どの　道へ　行きますか。
計程車走哪一條路？

❼ 表示原因的說法

▶ 日本料理が　好きだからです。
因為我喜歡日本料理。

▶ 野球が　下手だからです。
因為不大會打棒球。

▶ お母さんが　病気だからです。
因為母親生病了。

❽ 說明家族成員

▶ 両親と　兄と　姉が　います。
有父母、哥哥和姊姊。

▶ 弟が　二人。妹が　一人。
兩個弟弟，一個妹妹。

▶ 私の　上は　全部　男なんです。
在我之前都是男生。

▶ 私は　末っ子です。
我是老么。

❾ 婉轉拒絕常用說法

▶ これは、ちょっと…。
這個我不大喜歡…。

▶ ああ、すみません、私は　ちょっと…。
啊、不好意思，我不大方便…。

▶ ああ、私も　行きたいですけど…。
啊、我也想去但是…。

Memo

新制對應 絕對合格！
日檢必背聽力

[25K+附QR Code線上音檔＋實戰MP3]

【日檢智庫QR碼 11】

■ 發行人／**林德勝**

■ 著者／**吉松由美・西村惠子・ 林勝田**

■ 出版發行／**山田社文化事業有限公司**
　地址　臺北市大安區安和路一段112巷17號7樓
　電話　02-2755-7622
　傳真　02-2700-1887

■ 郵政劃撥／**19867160號　大原文化事業有限公司**

■ 總經銷／**聯合發行股份有限公司**
　地址　新北市新店區寶橋路235巷6弄6號2樓
　電話　02-2917-8022
　傳真　02-2915-6275

■ 印刷／**上鎰數位科技印刷有限公司**

■ 法律顧問／**林長振法律事務所　林長振律師**

■ 書＋MP3＋QR Code／**定價　新台幣330元**

■ 初版／**2023年2月**